68 + 50 = 2018

Kold tyrker til ungdomsoprørere

Jes Vestergaard

68 + 50 = 2018

© 2018 – Jes Vestergaard
Forlag: Books on Demand – København, Danmark
Fremstilling: Books on Demand – Norderstedt, Tyskland
Bogen er fremstillet efter on-Demand-proces

ISBN 978-87-7188-474-6

Kapitel 1

På vej til byens smukke kunstmuseum i deres velholdte Volvo snakkede Kim Petersen og hans kone Else Vistisen om det, de skulle se. Ingen af dem var specielt kunstinteresserede, men de havde alligevel hen over årene fulgt kurser og læst bøger om de kunstnere, de hver for sig fandt interessante. Det, der trak dem til museet denne gang, var en særudstilling af Kurt Trampedach malerier og et nyerhvervet Asger Jorn billede. Inden de parkerede bilen i museets underetage, havde de begge forsøgt at udtrykke deres ægte glæde over den nyrestaurerede museumsbygning, der var tegnet af Alvar Aalto. De følte hver for sig, at de ikke havde de rigtige ord til det, de var gennem et efterhånden ganske langt liv vænnet sig til ikke at bruge for store ord i tide og utide.

Af gammel vane småløb de op ad trappen til udstillingen. De gik begge op i at vedligeholde fysikken med daglig motion, nogenlunde sund mad, ikke for meget alkohol og ingen rygning. På vej ind i museet kom Kim Petersen i tanker om, at omtalen af udstillingen i avisen også nævnte en såkaldt lysinstallation.

Installationsværker er ikke noget for mig, sagde han til sin kone, men jeg vil lige kigge indenfor, man kan aldrig vide. Han smilede lidt ironisk.

Heller ikke noget for mig, svarede hun. Men vi kan gå igennem på vej over til Jorn, kan jeg se. Hun havde hurtigt skaffet sig et katalog for udstillingen, som hun rakte til sin mand.

Det ser ud til at være ret ophidsende, mumlede han. Det er vist noget med nogen lysspots der drøner rundt i lokalet påvirket af de besøgende i rummet. Halleluja. Lad os bare trave igennem, som du sagde.

Da den tunge dør var faldet i bag dem, stod de et øjeblik og kneb øjnene sammen. Rummet var mørkt, men blev oplyst af mange spotlys i forskellige farver, der bevægede sig tilsyneladende tilfældigt rundt på loft, vægge og gulv, samtidig med at der lød dæmpet musak. Efter at have vænnet sig til lysflimmeret konstaterede Kim, at der nok var 8-10 andre gæster i rummet. Han fik øje på et ældre ægtepar vist på samme alder som dem. Når et af de lysere spots ramte dem, kunne han ane at manden smilede lidt og kvinden rystede let på hovedet. De forlod hurtigt rummet, og Else benyttede lejligheden til at smutte med. To børn havde en fest med hujende at løbe rundt og forsøge at fange deres yndlingsfarve, alt imens deres forældre let smilende tyssede på dem.

Kim var kommet til at stå i nærheden af en gruppe unge, der kunne ligne gymnasieelever.

Det er ubersmart, kommenterede en af drengene. Prøv at se, de er overalt. Han pegede på loftet, væggene og gulvet. Der er sindssygt mange kameraer, højttalere og de der nye mikrohjernescannere. De aflæser hele tiden vores ansigt og øjne, og hjerneaktivitet. Han havde svært ved at styre sin begejstring.

Hvis der da er nogen hjerneaktivitet, haha, kommenterede en anden fra gruppen. Jeg kender en del, der ville sende sådan en scanner på overarbejde for at finde tegn på liv.

Jeg tænker kemilærere, supplerede den mindste i gruppen. Hvad siger I? Der blev nikket og grinet.

Den første tog over igen: Det allersmarteste er, at alle informationerne samles og kombineres, og det er det, der styrer spottene og musikken. Prøv og se. Han pegede på en stor cirkel i midten af rummet. Nu har værket valgt en af os her i rummet og inden længe vil cirklen i midten få en farve, og der vil blive spillet en melodi, der begge passer på den person.

Det er godt med dig, Den mindste blandede sig igen. Det er fis i et spotlight, se selv spottene drøner jo bare rundt helt tilfældigt.

Gymnasiasterne stod et stort øjeblik stille uden at sige noget. Så brød de ud i et kæmpegrin, da cirklen på gulvet pludselig blev konstant blå samtidig med, at musakken skiftede til Mozart-agtig musik. Gymnasiasterne klappede begejstret og forlod derefter vildt diskuterende rummet.

Det var ikke mig, råbte én "for så var den blevet grøn og med Metallica til.

"Dem er der da ingen, der hører mere, svarede en anden inden døren lukkede sig bag dem.

Det var nu nok ikke sådan det hang sammen, tænkte Kim, mens han kiggede sig rundt igen med et lille skævt smil. Lysspottene bevægede sig mere roligt nu og musakken kørte igen. Mens han bevægede sig hen mod døren, registrerede han, at han var alene i rummet bortset fra en 40-45-årig kvinde i grålig kjole og med uindfattede, moderne briller. Pludselig begyndte spottene igen at flakse voldsomt og lyden fra højttalerne steg tilsvarende.

Nånå, mon det er hende eller mig, nåede han lige at tænke, inden den store cirkel på gulvet blev blændende hvid og musakken ændrede sig til noget i retning af Bachs *Air på G-strengen*. Han kiggede over på kvinden og kunne nu se at hendes kjole var smagfuldt rød og at hendes taske matchede kjolen perfekt. Hun lyste op i et stort smil, ja nærmest et grin, hvorefter hun gik hen mod døren.

Kim blev stående uden at bevæge sig. Bachs *Air på G-strengen* havde kørt rundt i hovedet på ham siden de kørte hjemmefra. Hvidt lys bestod af alle farver.

På vej hen mod særudstillingen af Kurt Trampedach malerierne kørte installationsværket rundt i hovedet på ham samtidig med Bachs *Air på G-strengen*, bemærkede han. Undervejs passerede han den nye Jorn-erhvervelse, og han nåede i forbifarten at konstatere, at, jo, det var da en Jorn, som de hundredvis af andre Jornmalerier han havde set gennem årene. Var installationsværket en slags tryllekunst eller var det rigtigt nok? Havde der været et ansigtsgenkendelseskamera i receptionen? Kunne kunstneren på den måde have identificeret ham og derefter med avancerede algoritmer have sorteret sig frem til noget, der kunne udmøntes i en farve og en melodi? Eller var det rigtigt, at det var små effektive hjerneskannere i loft, gulv og vægge, der kunne registrere hvilke tanker og følelser, der kørte rundt i hans hjerne. Uanset hvad, gjorde det ham utilpas, han fik spændinger i mellemgulvet. Det er vel egentlig sådan noget kunst skal kunne, tænkte han. Men ubehaget blev siddende i kroppen.

Han fandt sin kone foran et af de største af Trampedachs lærreder. Det var du længe om, sagde hun. Det var måske alligevel noget for dig? Trampedach er der mere gods i, fortsatte hun uden at vente på svar. Det virker lidt dystert, men ikke deprimerende, synes jeg. I programmet står, at han kæmpede mod sine dæmoner hele livet, det giver mening, når man ser hans billeder, synes du ikke? Hun kiggede undersøgende på ham. Du er så stille, du plejer ellers altid at have en mening om alting. Så du den nye Jorn?

Jaja, svarede han stille.

Jaja hvad? Så du Jorn? Hvad synes du om den?

Ja, jeg så Jorn. Hans stemme lød lidt vrissen. Og ja det var en Jorn. Og jeg må vel lige have lov at kigge lidt, før jeg skal have en mening om Trampedach.

Hun tav. Af erfaring vidste hun, at de kunne være på vej ud i et mindre skænderi, og det var der ingen grund til.

Det er stærke sager, sagde han efter i nogle minutter at have kigget på 4-5 af billederne. Jeg synes figurerne lukker sig om sig selv, vi bliver ikke inviteret til en snak, som med Jorn. Det minder mig også lidt om Kvium, men han vil gerne snakke, synes jeg.

Kvium! Adddr.

Jeg ved godt Kvium er no go for dig, men det var altså ham, der dukkede op i min kalot, da jeg så Trampedach.

Derefter gik de hver for sig og kiggede. Hun var ved at være færdig med Trampedach og forsvandt snart ud i den faste udstilling. Han gav Trampedach et større gennemkig, hvilket ikke rokkede hans opfattelse. Derefter gik han som han plejede en runde omkring museets samling af Jorn og Richard Mortensen. Det føltes lidt som at møde gamle venner eller skolekammerater. På et tidspunkt havde han opfattet Jorn som mere eller mindre sindssyg og uden for hans rækkevidde, mens Mortensen var elegant og udfordrende. Nu var Jorn hans absolutte favorit, han syntes hver gang han så billederne, at det appellerede til noget i ham. Mortensen derimod var meget akademisk og fjern for ham, men stadig begavet og elegant.

En halv time senere mødtes de to ægtefæller igen i receptionen.

Nå, fik du så lige et skud Kvium? spurgte han.

Addr, skal vi sige det er godt for i dag.

Let´s.

På vej hjem i bilen fortalte han om installationsværket.

Hun lyttede adspredt, ville hellere fortælle om Weie og Lundstrøm, som de begge var glade for. Mens han fortalte om den store cirkel på gulvet og musikken, begyndte hun at lede i sin taske, men da han omtalte kvinden i den røde kjole, rettede hun sig op i sædet. Havde hun lyst halvlangt hår, og havde hun et stort guldspænde på kjolen?" spurgte hun.

Øh, ja, det tror jeg.

Var hun i højhælede sko?

Tror jeg nok.

Det var da kunstneren! Jeg så et billede af hende i avisen. Flot dame.

Absolut, hun lignede slet ikke en kunstner, snarere en moderne forretningskvinde, ville jeg sige. Nu kan jeg bedre forstå at hun sendte mig et stort smil eller nærmest et grin, hendes værk funkede jo.

Jeg tror ikke på alt det IT-futtelihut, men det har da gjort indtryk på dig, kan jeg se.

Ja, jeg er nu ikke overbevist om at det ikke bare er smart teknik, men det er altså godt lavet.

Jeg gider ikke den slags. Det er der så rigeligt af til hverdag, det var rart, hvis museet var en slags helle fra den slags.

Det synes jeg ikke. Kunst skulle jo gerne sige os noget i dag, ikke? Jeg kan huske, jeg fortalte dig om nogle kæmpelærreder om virkningen af atomkrig, jeg så, da jeg gik i gymnasiet, de var malet af ham, der har lavet den store skulptur med mennesker, der kigger ud over havet ved Esbjerg.

Svend Wiig Hansen.

Ja. Det gjorde dæleme indtryk.

Det er da også noget helt andet end det der IT-halløj.

Sandt nok, men måske er det der IT-halløj vore dages atombombe.

Vrøvl, du var bare heldig lige at finde på Wiig Hansen.

Det var ikke mig, det var min hjerne. Han trak lidt på smilebåndet, helt klar på risikoen for et mindre skænderi.

Dig og dit hjernesnak. Det er bare en dårlig undskyldning.

Nej, alvorligt talt. Jeg blev faktisk lidt rystet derinde. Jeg forsøger jo at følge lidt med i IT-udviklingen. Der er rigtig meget overvågning nu, og der bliver sikkert mere; man har systemer til ansigtsgenkendelse, men kan aflæse udtryk i øjne, der indbygges aflytningsudstyr i meget almindelig elektronik, og vi aner ikke, hvem der ved hvad om én. Det er fand´me uhyggeligt du, som Peter Schrøder ville sige.

Du overdriver. Hun lød usikker nu. Lad os snakke om noget andet.

OK. Et sidste bud, bare for sjov.

OK.

Hvis det nu var rigtigt, det der foregik i installationen og ikke et slags tryllenummer, hvilken farve ville du så få i den store cirkel, og hvilken musik ville der blive spillet?

Haha. Blå, uden tvivl. Musik, nej musik ville der ikke være, så skulle det i hvert fald være – er det ikke Stockhausen han hedder, ham med slagstøjen?

Haha, jo det er det vist. Men hvis der ikke er musik?

Så tror jeg dit fine IT-kram ville registrere, at jeg havde travlt med at finde ud af, hvornår jeg kunne være bekendt at gå, og hvordan jeg kunne finde den nærmeste dør i den dårlige belysning.

Det tror jeg på. Nå, vi kommer lige tilpas til landskampen, det kalder jeg timing.

Og jeg skal lave oksesteg, sådan har vi hver vores, som du plejer at sige.

Nå, ja. Det er jo lørdag, så skal vi have "fin" mad med rødvin til og spise i stuen med levende lys på bordet. Osv.

Landskampen var ikke ophidsende. Efter at have kigget på et kvarters tid fandt han en sudoku i avisen og begyndte at løse den, mens han med et halvt øje og et helt øre fulgt med i kampen. Så blev han opmærksom på, at Beethovens *Skæbnesymfoni* kørte rundt i hovedet på ham. Hvorfor nu det? Det var ikke ham, der havde bestilt den, det havde hans hjerne klaret på egen hånd. Det var slutningen af første sats så vidt han huskede, eller var det måske slutningen af fjerde sats? En slutning var det i alt fald.

Han havde haft det på den måde, så længe han kunne huske. Fra han vågnede om morgenen til han knaldede brikker sent om aftenen havde han musik i hovedet, musik han ikke selv bestemte. Han havde ikke tænkt nærmere over det, for det var på ingen måde generende, tværtimod, og han havde vel troet at alle mennesker eller de fleste havde det på den måde. Det var først da hans kone havde sagt, at lysinstallationen ikke ville finde musik i hendes hoved, at han studsede over det. Gud ved, hvad der så foregik i hovedet hos de andre.

Var det nu også rigtigt, at musikken altid kørte hele dagen i hovedet på ham? Havde der ikke været dage eller situationer, hvor der blev stille? Han kunne ikke komme i tanker om eksempler. Besluttede at forsøge at holde lidt øje med det fremover.

Straffe, lød det næsten som et skrig fra fjernsynet, samtidig med at der lød et brøl fra publikum. Han lagde sudokuen fra sig og fokuserede på det drama et straffespark næsten altid var. Selv de mest fantastiske sparkere kunne brænde et straffespark, selv den svageste målmand kunne komme i vejen for et skud. Ingen af delene skete her, og Danmark kom foran.

Han fortsatte med at kigge et par minutter og tog så fat på sudokuen igen. Teoretisk kunne det vel godt være rigtigt, at lysinstallationen kunne aflæse hans interne jukebox, kunne det ikke? Men hvad med lyset? Hvad betød det at hans farve var hvid?

At hans kone troede hun ville få farven blå, var let at forklare. Det var hendes yndlingsfarve. Men den passede også godt på hendes psyke. Blå, blue, blues. Hendes glas var altid halvtomt, når andre så det som halvfuldt. Hendes udgangspunkt var altid en pessimistisk vurdering, så det kun kunne blive bedre, hvilket det altid gjorde, normalt meget bedre endda. Så blå passede godt på hende.

Hvordan passede farven hvid på ham? Eller, det var jo snarere hvidt lys, var det ikke? Og så er der udlignet, lød det fra fjernsynet med en meget skuffet stemme, der næsten blev overdøvet af et meget behersket bifald. Han lagde igen sudokuen fra sig og lænede sig frem. Det får den stakkels målmand ikke meget ros for i morgen, tænkte han og undlod at tage fat på sudokuen igen.

Lys passede da vist ganske godt på ham. Han tænkte sig tilbage. Du har et lyst hoved, havde en lærerinde vist engang sagt. Du har et lyst sind havde hans mor tit sagt. Du ser lyst på tilværelsen havde en af hans chefer sagt i forbindelse med et jobskifte. Han havde ikke tillagt det særlig vægt, men kunne jo altså alligevel huske det. Måske havde han bare glemt det folk havde sagt om ham, der ikke pegede på det lyse. Men lys var jo også noget med at lyse op, så andre kan se. Det troede han passede på ham. Han havde altid forsøgt at oplyse andre med det han vidste og som de gerne ville vide, og han forsøgte at sørge for, at andre kom i den belysning, der tilkom dem, syntes han.

Der var halvleg i landskampen. Der stod stadig 1-1.

Han rejste sig fra sofaen. Hans indre jukebox havde skiftet til *Lysets engel går med glans*. Han grinede for sig selv. Havde foretrukket *Når lyset bryder frem*.

Kapitel 2

Kim Petersen havde forladt arbejdsmarkedet lidt i god tid efter manges mening og før sin jævnaldrende kone. Ikke fordi han ikke kunne fortsætte, men fordi han havde lyst til og mulighed for at stoppe. Han havde heller ikke dårlig samvittighed, for finanskrisen kørte for fulde gardiner, og nyuddannede akademikere stod i kø for at komme i job. Hans løn kunne finansiere mellem 2 og 3 af dem de første år.

Han havde også altid tænkt, at han arbejdede for at leve, ikke omvendt, og arbejdet skulle gerne have positiv virkning, ellers kunne det være lige meget. Han tænkte sjældent tilbage på sit arbejdsliv, men når han en gang imellem blev spurgt om, hvad han havde beskæftiget sig med, havde han det godt med at sige stikord som planlægningschef i sundhedssektoren og konsulent på et WHO-projekt i Kasakhstan. Det stillede normalt spørgerens nysgerrighed, og han havde en god mavefornemmelse med de to overskrifter for langt hovedparten af sit arbejdsliv.

Da hans kone var blevet pensioneret, skruede de op for rejselivet. Mens børnene boede hjemme, havde de besøgt mange europæiske lande, med Ungarn og Østtyskland som de mest eksotiske steder på grund af Jerntæppet. Kommunismens sammenbrud i Sovjetunionen og Østeuropa åbnede, ikke mindst mentalt, for ture til Berlin, Cuba, Kina, Myanmar, Iran og Libyen, mest på grund af interesse for samfundsforholdene i disse lande. Som pensionister havde de taget hul på vandreturisme i Sydamerika, Tanzania og Grønland.

Da han stoppede på arbejdsmarkedet kastede Kim sig – kunne han se nu bagefter – med stor sult efter at vide og forstå over kurser på universitetet i litteratur og filosofi, næsten som da han som ung gik på universitetet første gang. Samtidig skrev han romaner og forsøgte at komme med i u-landsprojekter. Han nød sin nye tilværelse, kaldte det tit et luksusliv, han var nærmest beruset af sine nye muligheder.

Økonomisk var han og hans kone velstillede takket være gode jobs og gode pensionsordninger, som fremsynede politikere og fagforeninger havde fået etableret, mens de var unge. Det betød, at de mindst kunne efterlade en million kroner til hvert af deres to børn, næsten uanset hvad de fandt på at bruge penge på resten af livet. Den udbredte vits i deres årgange lød, at hvis de efterlod en arv af betydning til deres børn, så havde de regnet galt, men den skrev han ikke under på. Deres årgange, de store lige efter krigen, havde fået gode muligheder takket være dygtige politikere og embedsmænd, men de havde også grebet mulighederne og gjort det godt, syntes han. Derfor burde de også opføre sig fornuftigt som pensionister.

Hans kone var 10 måneder ældre end ham, hvilket generede hende lidt, hun ville helst have været den yngste. Han var ligeglad, men de undrede sig tit over, hvor meget det måske havde betydet for deres liv.

Som UG-pige kom hun efter realeksamen i lære i en bank, tog korrespondenteksamen på aftenkursus, tog jobs i banker i

Schweiz og England før hun landede i Danmarks største bank i en lang periode, hvor hun efteruddannede sig så meget hun kunne. De sidste 20 år havde hun arbejdet i den tungere ende af finanssektoren.

Han blev en del af det første hold børn af almindelige mennesker, der kom i gymnasiet og fik en universitetsuddannelse. Indtil da havde gymnasiet, med få undtagelser, været for fine folks børn. På universitetet oplevede han de første to år det klassiske universitet med frie studier og det hans årgange kaldte professorvældet. Hans studium var baseret på små hold med 20-25 studerende, der gik til forelæsninger og ellers studerede på egen hånd. Men hans årgang bestod af 100 studerende, hvilket sprængte de gamle rammer i stumper og stykker.

68-erne havde meldt sig på banen.

For Kim var ungdomsoprørets grundlæggende værdier det afgørende. Frihed, demokrati, ligestilling, jævn indkomstfordeling og seksuel frihed var værd at arbejde og leve for. Derimod var ekstremerne i ungdomsoprøret, særligt i studenteroprøret, ham meget imod. Han skulle ikke have udskiftet professorvældet og det patriarkalske samfund i øvrigt med et Marxistisk-Leninistisk samfund med maksimal ufrihed. Han skulle heller ikke nyde noget af anarkisternes vej, der for mange viste sig at føre til ny ufrihed med afhængighed af stoffer. Kim sugede de nye muligheder og de nye værdier til sig, men det var ikke ham man fandt på barrikaderne på universitetet eller som deltager i voldelige demonstrationer.

Efter eksamen kunne Kim vælge mellem en stilling i Energiministeriet og en stilling i de nyoprettede amter. Han valgte det sidste, fordi han troede han der ville have bedre muligheder for at øve indflydelse på den virkelige virkelighed, som det hed på den tid. Han fortrød aldrig sit valg. Og set i bakspejlet syntes han, at de værdier han havde fået ud af ungdomsoprøret ubevidst havde været vejledende for alle hans mange valg som planlægningschef, som økonomi- og planchef, som bestyrelsesmedlem og som familiemenneske.

Med det sind Kim havde, blev han 68-er og Else blev ikke 68-er. Hvis hun var blevet født et år senere, var hun måske blevet 68-er, men det troede hun ikke selv på. Det gjorde han sådan set heller ikke, hendes blå, blue, blues sind stod mere til det sikre.

4-5 år efter pensioneringen var han blevet meget optaget af at skrive romaner. Fra kurserne på universitetet kendte han godt kravene til, hvordan en roman skulle skæres til, men han fandt sin egen metode og stil. Hans store øjeblik indtraf, når han fik en idé til et tema eller en person eller en handling, som hans hjerne sagde god for, uden at den kunne forklare hvorfor. Det var bare som om hele kroppen og hjernen faldt til ro, men det var i reglen kortvarigt, så var hjernen i gang igen. Når først ideen eller ideerne var på plads, var resten bare – fornøjeligt – hårdt arbejde. Nogle gange tog hjernen fejl, så han efter at have skrevet måske hundrede sider, droppede ideen, fordi hjernen havde godkendt en bedre idé, men det skete ikke så tit. Efter de første bøger blev hjernen mere krævende, kunne han konstatere. Processen med at få ideer blev sværere, fordi hjernen ville have noget rigtig nyt, noget rigtigt anderledes, den var vist bange for at kede sig.

Da han var færdig med sin tredje bog, fik han noget der i andre sammenhænge kaldes tømmermænd.

Hidtil var det ham og hans kone, der havde banket på til verden og var blevet budt velkommen overalt. Nu var det en verden, han ikke brød sig om, der bankede på til dem, og det var ikke med nogle få høflige bank med en bøjet pegefinger, det var buldren med knyttet hånd.

Det første, han bed mærke i, var selvfølgelig en finanskrise så voldsom som en tsunami, der på få timer fik selv meget store finanshuse til at synke i grus som ramt af 9/11-fly. Det så ud til, at de fleste regeringer først da opdagede, at deres økonomier var forsvarsløse over for globaliseringen på finansområdet. Det var almindeligt at glæde sig over at globalisering medførte høj vækst og lave priser, og mange betragtede det efterhånden som en selvfølge, næsten som en naturlov, man omsider havde opdaget. Globaliseringen havde ganske vist ført til lukning af mange virksomheder og mange havde skiftet job, men den slags havde Danmark klaret før. Overgangen fra landbrugsland til industriland og videre til informationssamfund havde ændret livet for rigtig mange, men også medført større velstand for langt de fleste. Det gjaldt også hans egen familie. På moderens side måtte landmændene sælge gården og arbejde i industrien, og på faderens side måtte alle de småhandlende tage arbejde i de større forretninger og stormagasiner. Han var ikke alvorligt bekymret for, hvordan det skulle gå i Danmark og Europa. De ville nok opleve tilbagegang i indkomst, men der var jo også meget at tage af. Og det danske samfund var bygget efter solide håndværksmæssige traditioner gennem flere generationer og kunne ikke sådan væltes. Troede han.

Flygtningekrisen bekymrede Kim, ikke på grund af flygtningene men fordi det var en kæmpegave til Dansk Folkeparti og til alle højreorienterede partier i Europa. Med bange anelser kunne han i de følgende måneder se gaven byttet til nationalistisk politik med lukning af grænser og lovgivning, som skulle afskrække flygtninge og migranter fra at søge til Danmark og det øvrige Europa. I den periode kunne han af og til se for sig, at muslimer i Danmark snart skulle til at bære en muslimhalvmåne, som jøderne tidligere skulle bære en jødestjerne.

Kim havde svært ved at få udviklingen til at passe med den opfattelse han havde af sit eget land. Fra sin egen barndom huskede han at folk i hans kvarter tog godt imod flygtninge fra de baltiske lande, Polen, Tjekkoslovakiet og Ungarn. Og senere fik også vietnamesiske bådflygtninge og flygtninge fra ex-Jugoslavien en hjælpende hånd i Danmark. Det gjorde virkelig nas at tænke på, at et stort flertal i Folketinget ikke engang vil tage imod 500 kvoteflygtningen om året mere.

Lille, rige, rare land, hvad har du gang i?

Derefter fandt et flertal ved en folkeafstemning om det danske retsforbehold i EU, at Danmark gerne ville have fordelene ved at være medlem af EU uden at være medlem. Endnu en pinlig sag for det store flertal i Folketinget.

Det næste hug til kæben var Brexit. Han havde altid opfattet England som det land han helst ville bo i, hvis han ikke skulle bo i Danmark. Nu ville briterne Gud hjælpe mig ud af EU, det efter hans mening bedste værn de kunne få mod de rå markedskræfter fra USA, mod klimakatastrofer, mod nedbrydelse af borgerrettigheder og mod terrorisme. Det virkede på ham som om briterne drømte sig tilbage til en tid med mening, de kunne forstå og kæmpe for, som f.eks. tiden mellem 1939 og 1945, hvor de bagefter kunne bilde sig selv ind at det var dem, der egenhændigt slog tyskerne! Han var dybt skuffet. Storbritanniens parlamentariske system havde gennem flere hundrede år løst selv de største opgaver, og så dumper det på et forholdsvis ukritisk tidspunkt i historien. Det er blevet sagt, af en brite, at Neville Chamberlains far var den mest uduelige minister i sin tid og at Neville Chamberlain var den mest uduelige premierminister i al tid. Neville Chamberlain havde nu fået voldsom konkurrence af David Cameron, tænkte han. Endnu en grundpille for det, han som de fleste andre havde taget som en selvfølge, var eroderet – over night.

Antihelten i hans tredje bog havde i sin afsluttende tale til retten i sagen mod ham sagt: "Danmark har gennem mange år opbygget et af de mest demokratiske, mest lige samfund, der nogensinde har eksisteret. Pas godt på det, det er ikke nogen selvfølge, det kan hurtigt blive udsat for store tilbageskridt."

Og antihelten vidste på det tidspunkt ikke noget om, hvad der derefter skete.

En nat i starten af november var han vågnet klokken lidt i tre. Det var sket af og til gennem den senere tid. Når det skete, følte han sig lysvågen og gav sig til at læse en bog eller skrive på en bog efter at have pisset af. Efter en times tid følte han sig normalt søvnig igen, gik i seng og sov til ved 7-½8-tiden.

Hver gang tænkte han, at det var fordi han snart fyldte 70.

Når han senere tænkte tilbage på denne specielle nat, 9-11, som han senere på natten kaldte den, huskede han usædvanligt mange detaljer, lidt ligesom flosklen med, hvor man var, da man hørte nyheden om mordet på Kennedy. Han havde ikke været lysvågen, men han havde haft spænding i kroppen. Det amerikanske præsidentvalg ville blive afgjort inden for et par timer. Han havde tændt for fjernsynet og var gået ud i køkkenet for at lave sig en kop kaffe. Han kunne høre, at folk, der var samlet til en sejrsfest, var ved at være sikre på, at deres kandidat ville vinde. Han var gået ud fra at der var tale om demokraternes fest. Men på vej ind i stuen havde han fået øje på en resultatstribe på skærmen, der viste at det var republikaneren, der førte, endda markant. Han var blevet stående i mange minutter uden at røre sig, med let åben mund og opspilede øjne. Så havde han med øjnene klistret til skærmen sat sig på kanten af sofaen og stillet kaffekoppen fra sig.

Kommentatorerne havde kæmpet længe for at fastholde muligheden for demokratisk sejr, selvom det forekom mere og mere usandsynligt i takt med at resultaterne strømmede ind. Men ved 5-tiden var valget i realiteten afgjort: Republikanerne havde vundet præsidentvalget og flertallet i både Repræsentanternes Hus og Senatet.

Han var rystet og sad længe og tænkte over konsekvenserne af valget.

Inden for bare 12 måneder havde folkeafstemninger i Danmark, Storbritannien og nu valget i USA bragt nationalismen på march igen i hans verden. Og forude ventede et præsidentvalg i Frankrig, der kunne bringe endnu en nationalistisk præsident til magten. Hans Verdensbillede krakelerede. Var det det vendepunkt, han syntes han havde set komme siden han forlod arbejdsmarkedet? Globaliseringen havde gennem de sidste 20-25 år bragt masser af velstand i form af billige varer til vestlige lande og masser af indtægter til Kina og andre udviklingslande med sig. Samtidig var der nedlagt millioner af arbejdspladser i Europa og USA. I de fleste lande valgte man at fokusere på fordelene og se bort fra ulemperne, hvilket medførte, at mange mennesker mistede deres jobs uden at være i stand til at skaffe sig nyt job eller kun et dårligere betalt job. I lande, hvor staten hjalp med i omstillingen som fx i Danmark, var omstillingen lykkedes forholdsvis godt, men i fx USA mindre godt. Uligheden var steget markant. Måske var nynationalismen udtryk for, at det var pay-back time. Mange følte sig måske talt ned til af de bedre uddannede, som måske endda var deres egne børn, og kostet rundt med som en anden ting. Stoltheden over at have et job, der var vigtigt, var væk. Stoltheden over at kunne forsørge en familie var væk. Troen på fremgang var væk.

Han var rystet som han ikke havde været det, siden han som 18-årig var sluppet godt fra – uden sikkerhedssele - at slå en kolbøtte med en Opel Kaptajn og lande på hjulene igen.

Hans hjerne var af en eller anden grund kommet op med ordet vagtskifte. Da det langsomt havde bundfældet sig, blev det oversat til Changing of the Guards. Det førte hjernen hen til en gammel fjernsynsserie om anden Verdenskrig. Titlen på første afsnit havde bidt sig fast hos ham, Changing of the Guards. Det handlede om Hitlers magtovertagelse.

Var det virkelig så slemt? Spændingen sad fast i kroppen den nat, den ville ikke gå væk. Var det et historisk vendepunkt? Han havde altid følt at verden gik fremad, selvom Cubakrisen, Vietnamkrigen og Balkankrigen havde sat alvorlige spørgsmålstegn ved det. Men demokratiet var en selvfølgelighed. Vi skulle samarbejde fredeligt med alle. Vi skulle arbejde hen imod en mere ligelig fordeling af produktionen, vi skulle have gang i den grønne omstilling, vi skulle bekæmpe klimakrisen, vi skulle have ligestilling mellem mænd og kvinder, vi skulle, vi skulle…

Hvis det var et historisk vendepunkt, var der tydeligvis noget vigtigt han og hans generation havde overset. Var de blevet forført af de mange nye muligheder, de havde fået i forhold til deres forældre? Havde de løst deres opgave perfekt, bortset lige fra at de havde regnet i cm i stedet for tommer, så deres projekt ramte forbi skiven?

Han sad længe og trak vejret lidt stødvist.

Så vendte tanken om Changing of the Guards tilbage. Titlen virkede også udover TV-serien bekendt.

Han googlede. Dylan havde skrevet om *Changing of the Guards* i 1978. Han fandt Dylans *Lyrics* i bogreolen.

"…But Eden is burning, either brace yourself for elimination
Or else your hearts must have the courage for the changing of
the guards."

Indtil i nat havde han ikke forstået digtet, men nu gav det
mening. Det var tid at forberede sig på vagtskifte.

Derefter var spændingen i kroppen taget lidt af, men hans
interne jukebox havde været tavs, siden han kom ind i stuen
med kaffen.

Han havde siddet på kanten af sofaen i slåbrok i et par timer. Da
han slukkede for fjernsynet og bar sit kaffekrus ud i køkkenet
var kaffen blevet iskold.

Han stod op igen ved ½8-tiden efter en dyb søvn uden drømme.

Hans første tanke var hans sidste tanke fra om natten: Changing
of the Guards. Det var som om de fire ord blokerede for andre
tanker.

Stik imod sædvane undlod han og hans kone at tænde for
radioen og læse aviser og diskutere. Først langt ud på
eftermiddagen begyndte de så småt at snakke om, hvad det var
der var sket, og hvad der ville komme til at ske.

Uden overbevisning i stemmen mente hun, at det måske ikke
ville gå så galt. Måske, medgav han. Også uden overbevisning.

Nej, det der ikke kunne gå galt, var gået galt, som med *Titanic*. Det samfund, der havde udviklet sig gennem hans levetid, havde måske peaket og ville nu gå tilbage, spørgsmålet var hvor hurtigt. Han var ramt af noget nyt. Han havde altid haft ord for at have et lyst sind. Var det nu han skulle prøve, hvad det ville sige at have et mørkere sind? Bange var han ikke, men rystet. Han bemærkede, at ordet Titanic ikke som normalt ville få hans hjerne til at tænde for jukeboxen med Mikael Wiehes sang om Titanic. Jukeboxen var tavs hele dagen.

Den verden han ikke brød sig om, havde sandelig banket på, så det kunne høres. Og den havde ikke behøvet at sprænge døren, nogen havde lukket den ind i hans verden. Han følte ikke sin og sin families og venners og bekendtes tilværelse truet materielt, men rammerne for deres liv kunne blive vendt op og ned.

Hvis det der var sket den nat varslede et historisk vendepunkt, var det så også et vendepunkt for ham personligt? Havde han endnu tid til at gøre noget, do his bit?

Han kunne jo begynde med at holde op med at betragte rammerne for deres liv som selvfølgelige, for det var de tydeligvis ikke.

Hjernens jukebox var stadig tavs, bemærkede han igen, måske var den gået i udu.

Kapitel 3

Noget havde han allerede forsøgt sig med over for den højst uvelkomne verden, der havde trængt sig på, men han burde gøre mere, syntes han, helst meget mere.

Da finanskrisen var på sit højeste købte politikerne bankpakker i stor stil, skar ned på sociale ydelser og reducerede u-landshjælp og investering i uddannelse. Til bedre finansiering af uddannelse og udvikling havde Kim gennem aviser og direkte henvendelse til alle partier efter tur foreslået, at de bedst stillede pensionister blev pålagt tvungen opsparing af folkepensionen. Efter hans opfattelse var ganske mange af de nye pensionister, inclusive ham selv, i den situation, at de dårligt bemærkede, at folkepensionen gik ind på kontoen. Den tvungne opsparing kunne så udbetales igen over en årrække, når krisen var overstået. Partierne var med forskellig begrundelse imod forslaget, og avislæserne var uinteresserede.

Derefter besluttede han at bruge sin folkepension til u-landsprojekter. De første år blev det til bidrag til skoleprojekter og sanitære projekter i Vestafrika gennem Børnefonden.

Han havde også forsøgt et svar på udfordringerne med EU. Over årene var det blevet mere og mere klart for ham, at det danske politiske system ikke var i stand til at håndtere forholdet til EU kvalificeret. Det salgbare standpunkt bestod i at kritisere EU for manglende resultater og selv tage æren for de opnåede gode resultater. Sådan opfører et sogneråd sig, men ikke et land med ambitioner om at fylde sin retmæssige plads i verden. Alt var til salg for posten som sognerådsformand.

Derfor havde han skrevet til Folketingets Europaudvalg, til Folketingets Præsidium og til aviser med forslag om, at Folketinget skulle have en årlig State of the Union debat om EU. Han spurgte provokerende: Er regeringen og Socialdemokratiet bange for at debattere EU?

Partiernes og præsidiets svar (og han fik svar) gav ham fornemmelsen af, at han havde ramt et ømt punkt. Og når yderpartierne rask væk uimodsagt kunne tale for Dexit, til trods for, at de stemte for stort set alle de EU-vedtagelser, de fik forelagt, fik han fornemmelsen af, at formatet hos de valgte politikere var for beskedent til at varetage Danmarks vitale interesser i Europa og Verden.

Han havde ramt plet, men det var samtidig et pletskud i den ædle disciplin at skyde sig selv i foden, måtte han erkende.

På det tidspunkt bragte nyhederne et wake-up-call til ham. Da han begyndte at gå i skole var 20% af vælgerne medlem af et politisk parti, nu var det sølle 4½ %. Som embedsmand havde han, for at stå frit og kunne servicere alle politikere, altid undladt at bekende politisk kulør. Han havde siddet i bestyrelser for børnenes skole, for Amnesty International og for en forening for u-landsprojekter, men ellers havde han som så mange andre siddet som ironisk overdommer i sofaen derhjemme eller ved kaffe- og frokostbordet på arbejdet. Han havde leget politisk kommentator i stedet for at komme ind i kampen, han havde betragtet deres gode demokratiske system som en selvfølge. Men det er jo de politiske partier, der udpeger kandidaterne til valgene, og så får man præcis de politikere, man gerne vil have. Han krympede sig ved tanken. Han tilhørte den bedst uddannede generation i landets historie og den politisk mest passive generation i nyere tid!

Som pensionist var salgsdatoen for hans undskyldning for at være passiv for længst overskredet. Den aften meldte han sig ind hos De Radikale og begyndte at deltage i alle de møder i partiet, han havde adgang til.

På baggrund af sine erfaringer fra Amnesty begyndte han også at tænke på aktivisme. Ikke i sammenhæng med sit parti, men i sammenhæng med andre partier. Han ville forsøge at lege den lille dreng i *Kejserens nye klæder*. For at komme tæt på de ledende politikere i de to partier han havde mindst respekt for, måtte han melde sig ind i disse partier også. Så kunne han bare vente på det næste store medlemsmøde i partiet.

Det første møde viste sig at blive i Liberal Alliance. Da kredsens folketingsmedlem havde holdt en tale, hvor han redegjorde for partiets politik og de opnåede storslåede resultater, og partiets unge medlemmer derefter havde krævet mere liberalisme, bad han om ordet:
"Jeg hedder Kim og er pensionist. Først vil jeg gerne sige tak for dit indlæg. Jeg er enig i, at I har gjort det godt." Så holdt han en lille kunstpause. "Men nu er det tid at gøre det meget bedre." Efter endnu en pause sagde han: "Nu skal vi gå efter statsministerposten." De unge i salen klappede og piftede begejstret, og da larmen var stilnet af tilføjede han: "Og statsministeren skal være Lars Seier Christensen. Vi har tid nok

til at få Lars kørt i stilling, og til den tid vil han stadig være under 60 år, han har en perfekt alder for en statsminister." Folketingsmanden og kredsformanden fik meget travlt med samtidig at rose Lars Sejer Christensen og forklare, hvorfor han ikke var partiets statsministerkandidat, for det var selvfølgelig partiets formand. "Seier, Seier, Seier" svarede de unge i et flere minutter langt råbekor, hvorefter kredsformanden skyndte sig at afslutte mødet.

Ud på aftenen svømmede Facebook over med rygter om skift på statsministerposten og Ekstrabladet ville følge op på historien: Skal Lars Løkke afløses af Lars C? Er Anders S. på vej ud?

Han havde været godt tilfreds med forløbet.

Det tredje parti, han meldte sig ind i, var Dansk Folkeparti. På kredsmødet bakkede han først op om partiets skepsis over for klimakrisen. Dernæst bad han kredsens to folketingsmedlemmer tage stilling til et forslag fra videnskabsmænd om at sejle kæmpeblokke af indlandsisen i Grønland i konvoj til tørkeområder, som fx Sahara. Han refererede beregninger over afsmeltningen under transporten og de positive virkninger på samfundene i ørkenområderne.

Den første af folketingsmedlemmerne, der svarede, var positiv over for forslaget. Han så muligheder for, at det ville reducere antallet af flygtninge, og ethvert forslag, der kunne virke i den retning, var partiet jo glad for.

Han blev afbrudt af det andet folketingsmedlem: Men forslaget forudsætter jo, at vi har en menneskeskabt klimakrise, og det tror vi ikke på. Klimakrise er et trosspørgsmål og det hører hjemme i Folkekirken.

Efter mødet sørgede han for, at Ekstrabladet fik fat i uenigheden i partiet, og det gik viralt, indtil partiets gruppeformand konkluderede, at partiet ikke var sikker på at klimaet ikke var påvirket af menneskets aktiviteter, og at det da ville være dejligt, hvis isbjergprojektet kunne gennemføres og det ikke gik ud over de almindelige grønlændere.

Efter hans to stunts tog de to partier deres forholdsregler mod nye optrin.

Jo, noget havde han da forsøgt, men effekten af det havde ikke været imponerende. Og hans indsats hos De Radikale var – naturligt nok – indtil videre beskeden. Forsøget med at bruge sin folkepension til u-landshjælp var han derimod rigtig godt tilpas med, selvom han gerne ville støtte projekter med større udviklingspotentiale. Som forventet mærkede de ikke noget til den manglende indtægt, og de gennemførte projekter var tilfredsstillende. Helt siden sin studentertid havde han haft interesse for u-lande. Hans professor på området havde erklæret, at u-landsøkonomi var det mest komplicerede han havde stødt på i sin tid. Professorens melding havde nok medvirket til, at han flere gange havde forsøgt at få job hos Danida, og han var meget tæt på at blive udsendt som sundhedsdirektør til Bhutan. Forud for det havde han medvirket i et WHO-projekt i Khasakstan, som havde givet ham mange erfaringer.

Kim følte, at hans sporadiske forsøg på at bekæmpe sine tømmermænd over sin passivitet var som at tage en halv Panodil mod kraniebrud.

Efter 4-5 år som pensionister gjorde Else Kim opmærksom på, at de havde mulighed for at deltage i et selvbetalt besøg på u-landsprojekter i Gambia. Efter lange overvejelser tog de imod tilbuddet om en 2-ugers tur.

Måske kunne turen åbne op for udvikling af projekter med større effekt i virkelighedens verden.

Jukeboxen fungerede igen. *Memory* var en af favoritterne bemærkede han.

Kapitel 4

Termometret i lufthavnen i Banjul viste 36 grader, da Kim og hans kone stod og ventede på deres kufferter. Men da de en lille time senere kom ud af lufthavnsbygningen var temperaturen mærkbart lavere, og det blæste lidt. Efter at have afvist hjælp fra en bagagemand tog de mod et tilbud fra en taxamand. De huskede at spørge til, hvad turen til deres hotel kostede, som deres arrangører havde rådet dem til. De skulle også huske at veksle danske kroner i nærheden af hotellet, så de kunne betale for turen. Da de bad om en kvittering, så taxachaufføren meget træt ud. Han begyndte at rode efter et stykke papir, der kunne gøre det ud for kvittering og bad dem selv udfylde det. Hans underskrift indeholdt ikke genkendelige bogstaver. Han kan vist hverken læse eller skrive, hviskede Kim til sin kone. Han bildte sig ind, at chaufføren registrerede hans bemærkning, måske var han god til kropssprog.

Uden for hotellet blev de modtaget hjerteligt af turens arrangører, to ægtepar på nogenlunde deres alder. Efter den almindelige small talk om flyveturen og taxaen, aftalte de at mødes igen til en middag i en restaurant tæt på hotellet. Efter indcheckning blev de fulgt op til deres lejlighed af en portør, der bar begge deres kufferter, som han stillede i soveværelset. Han forklarede på letforståeligt engelsk og i mange stort set overflødige detaljer om lejlighedens indretning, indtil hans gæster betalte drikkepenge. Så lyste han op i et stort smil og forsvandt.

Lejligheden bestod af en stue med et lille køkken, et badeværelse, et soveværelse med klimanlæg og en dobbeltseng. Uden for lejligheden var der en lille terrasse med et bord og to stole. Lejligheden lå på første sal med udsigt til stranden og havet.

Det er da vist i orden, sagde Kim med et sideblik til sin kone, mens de stod og beundrede udsigten.

Ja, da, svarede hans kone. Det er ikke luksus, men der er hvad der skal være og det funker. Det er sådan, vi helst vil have det. Jeg pakker lige ud og tager et bad. Laver du en mokka imens?

Da de troppede op i restauranten ved 19-tiden, havde tre kvinder som ventet sluttet sig til selskabet. De var kommet med et senere fly. Mørket var ved at falde på og det gik så hurtigt, at der var mærkbar forskel, bare man havde været en tur på toilettet. Uden for restauranten kvækkede nogle kæmpefrøer så højt, at de troede lyden kom fra højttalere.

Det er vist den slags man kalder single-sild, tænkte Kim, mens de gennemførte en præsentationsrunde, kun afbrudt af deres bestillinger til servitricen. Kvinderne var mellem 45 og 55, gættede han. De to af dem var skilt, mens den tredje kun havde forlovelser bag sig. Hans fornemmelse var, at de egentlig ikke var kommet for at besøge u-landsprojekter, men for at holde ferie, og det var OK med ham. Deres arrangører derimod, lød som om de gerne så lidt mere engagement i deres projekt, men måske fejltolkede han begge parter. Efter mange forsøg aftalte det samlede selskab fire dage, hvor de i samlet flok skulle besøge projekter, mens resten af de fjorten dage var til fri leg. Arrangørerne så ud, som om det var det, de havde tænkt sig på forhånd og deres gæster virkede tilfredse med, at der ikke var flere faste punkter på programmet.

Af en eller anden grund spillede hans indre jukebox Mozarts *Sonata facile*.

Om natten blev temperaturen holdt nede af klimaanlægget og Kim og Else sov begge tungt efter den lange rejse.

De spiste morgenmad på terrassen, hvor luften var behageligt frisk og temperaturen omkring 20 grader. Der var ved at komme liv på stranden. Det så ud som om nogle gambianere havde overnattet på stranden og nu var i gang med at blive frisket op og få noget at spise.

Kim og Else brugte formiddagen på at gå en tur i omegnen af hotellet og til at handle ind. Lige uden for hotellets port, der i døgndrift var betjent af en vagt, var der små butikker, en vagtstue for militæret, vekselboder, cykeludlejninger i simple hytter foruden restauranter og andre hoteller. Lidt gemt af vejen var der en stor holdeplads for taxaer. Foruden at fungere som holdeplads for bilerne, var der små hytter til overnatning for chauffører, et skur til værktøj og et primitivt gadekøkken. De fik hurtigt tilbud om taxakørsel, valuta (special price for you, my friend) og cykelture med og uden guide. De takkede nej til det hele og handlede derefter ind i en lille butik, der havde alt til dagligdagen undtagen alkohol og svinekød, men det kunne man købe i hotellets lille butik, viste det sig. Kim bemærkede, at de fleste af varerne var importeret fra Europa, med mælk, æg og øl som de mest iøjnefaldende undtagelser.

Efter frokost var temperaturen steget til over 30 grader, og de gik ned til stranden. I en lille strandbar fandt de deres arrangører. Mændene hyggede sig med en eftermiddagsøl, mens kvinderne var i gang med at forhandle med strandsælgere om vævede småtæpper og smykker. Kvinderne havde deres eget lille projekt, der gik ud på at købe kunsthåndværk, sælge det i brugsen derhjemme og sende overskuddet til kunstnerne.

Mændene prajede Kim og Else for at give flere gode råd om, hvad de skulle tage sig i agt for, og hvor man kunne få den bedste vekselkurs. De sugede alt til sig, selvom de følte sig ganske erfarne efter rejser i rigtig mange fremmedartede lande. Else fandt snart en undskyldning for at gå fra selskabet for at nyde solen og tage sig en dukkert. Den meget brede, hvide sandstrand så pragtfuld ud, og havet virkede i den grad indbydende, selv for Kim. Da deres ølglas var tømt, rejste mændene sig og gik ned på stranden. Den ene af arrangørerne, en høj statelig mand, var tydeligvis soldyrker af stort format, og han styrede direkte hen mod en strandbriks, som formentlig var reserveret til ham. Den anden arrangør var mindre og temmelig bleg sammenlignet med soldyrkeren. Han gik da også målrettet hen mod en strandstol, der stod i skyggen af en palme. Kim besluttede sig for at gå en tur langs stranden.

Sandet virkede næsten skoldende under hans fødder, og han småløb grinende ned mod havet. Han ville ikke i vandet nu, men bare tage en lang soppetur langs stranden. Solen brændte ned over ham, og det føltes pragtfuldt at få kølet fødderne. Han havde husket at tage solcreme på, men mindede sig selv om at huske kasketten fremover.

Han havde ikke gået mere end halvtreds meter før den første gambianer passede ham op. Where you come from? spurgte han med et stort smil. Da de efter en lille gættekonkurrence havde fået ham placeret i verden, var gambianeren klar med sit egentlige ærinde at sælge ham et glas frisklavet orangejuice. Kim afværgede sælgerens forsøg ved at påstå, hvilket var rigtigt, at han ikke havde penge på sig. Gambianeren troede ham tydeligvis ikke, men pressede ham til at love at komme til hans mikrobar på stranden en anden dag.

Hundrede meter længere henne af stranden blev han indhentet af den næste sælger. Det viste sig, at det han havde at sælge var, at han kunne få et lille armbånd, som tegn på at han var én af dem. Og når han var én af dem, ville det være passende med et lille kontant bidrag til dem.

Kim kunne ikke umiddelbart se flere, der havde behov for at snakke med ham, men vupti stod der en ny ved siden af ham, men han ville ikke sælge noget, sagde han indledningsvist. Han ville bare gerne gå sammen med ham og snakke. Kim var skeptisk, og ganske rigtigt, da de havde snakket 5-10 minutter, ville gambianeren gerne vise ham sin landsby, der lå kun en kilometers penge væk. Kims afslag gjorde gambianeren sur, men han trak sig væk og begyndte at kigge efter et nyt offer.

Længere henne langs stranden var en gruppe unge mænd i gang med noget, der kunne ligne militær fysisk træning. De sprintede op og ned ad en sandskrænt og lavede push-ups i ét væk. Kim spurgte en gambianer, der stod med en fiskestang i strandkanten, om de unge mænd tilhørte en sportsklub eller militæret. Manden forsøgte på sit bedste engelsk at svare på spørgsmålet, men Kim forstod det ikke.

Da han kom tilbage til strandbaren, var arrangørerne ved at bryde op. Kvinderne var på vej ud ad indgangen, og mændene var ved at pakke sammen.

Kim fortalte kort om sine opvartere på stranden, og de to mænd grinede højt og sagde velkommen til Gambia. Heller ikke hos de to mænd kunne han få en forståelig forklaring på, hvorfor de unge mænd trænede så vildt på stranden.

Else havde aftalt med arrangørerne at de skulle spise middag sammen på en restaurant uden for hotellet. De tre yngre kvinder ville også deltage.

Kim havde aldrig haft let ved at huske navne. Derfor hilste han den løse snak under middagen velkommen. Især kvinderne var flinke til at bruge navne. Navnene på de to mandlige arrangører havde han fanget. Den høje hed Anders, den anden hed Bøje, og da deres respektive koner hed Beate og Agnete var det lige til at klare. AB og BA. Det var sværere med de tre andre kvinder. Den der umiddelbart så ældst ud, vel henved 55, var lille, buttet og rødhåret. Hun hed Anne Marie. Hun var meget snakkende og havde et smittende humør. Den yngste, der vel var knap halvtreds, var slank og blond og så sportstrænet ud. Både den første aften og denne aften virkede hun lidt fjern og talte ikke meget. Hun føler sig nok alt for ung til at være sammen med så mange gamle hoveder, tænkte Kim. Ulla hed hun. Den sidste hed Maria. Hun havde en lidt dyb stemme, bemærkede Kim, var meget smilende og næsten lidt flirtende måske. Hendes sorte hår havde enkelte grå striber i siderne. Han gættede på at hun var godt halvtreds, men hun klædte sig lidt yngre. Det var Anne Marie og Maria, der var blevet skilt, det var også til at huske.

Under desserten fortalte Anders og Bøje på skift om morgendagens besøg i landsbyen, hvor de havde deres projekter. De skulle køre i en minibus og de skulle tidligt afsted, så de kunne være tilbage til en sen frokost. Kvinderne havde på skift mange praktiske spørgsmål om påklædning og fortæring og solbeskyttelse, men de var tilsyneladende forberedt på lidt af hvert, og hjulpet godt på vej af rigeligt med vin undervejs i middagen sluttede selskabet af i god og forventningsfuld stemning.

Kapitel 5

Præcis klokken halv ni holdt den noget ramponerede minibus, der skulle transportere selskabet til "arrangørernes" landsby, foran receptionen. Chaufføren, Dawdi, en høj og bred gambianer, gik rundt og hilste smilende på alle deltagerne og bad dem sætte sig ind i bilen. Anne Marie og Maria sendte hinanden sigende blikke, men fulgte så efter Beate og Anna, der smågrinende og erfarent ironiserede over minibussens klimaanlæg, der bestod af en rude, der ikke kunne rulles op. De snakkede dansk, men chaufføren registrerede kritik, fornemmede Kim. Da de alle var placeret i minibussen, opdagede de, at Ulla ikke var kommet endnu.

Hun har nok været ud at løbe, sagde Maria, hun må være på vej. Anders brummede let irriteret, men Ulla dukkede op kort efter og undskyldte uden at undskylde.

"Arrangørernes" landsby, Kunkujang, lå omkring 1½ times kørsel fra hotellet. Den første time kørte de på asfalterede veje uden afstribning. Trafikken var tæt og virkede halsbrækkende på alle passagererne undtagen arrangørerne, der jokede med den og varslede om de rigtige prøvelser, der ville vise sig, når de forlod den asfalterede vej og skulle køre på jordveje. For hver 4-5 kilometer blev de standset ved en militær kontrolpost, men det virkede som en formalitet for dem at komme igennem kontrollen. Langs den asfalterede vej var der med små afstande klynger af primitive huse og salgsboder, kun afbrudt af en mindre turistby med store flotte villaer med den bedste udsigt over havet.

Only for very rich people, sagde Dawdi.

Gambians? spurgte Anders.

Few, svarede Dawdi. Most rich tourists from Europe.

So, they don´t live her? fortsatte Anders.

No, no, just for holidays for family, svarede Dawdi, og lod uden ord forstå, at han ikke havde mere at sige om det.

Der skal vi ind på hjemvejen, sagde Beate lidt senere og pegede på et lille hus, der fungerede som et slags galleri.

Der arbejder Kebba, fortsatte Anna, han er fantastisk dygtig.

Hvad laver han? spurgte Ulla.

Meget forskelligt, men det jeg bedst kan li´ er hans sølvsmykker. Vi skal købe nogle med hjem, som vi kan sælge for ham.

Han er også eminent til at væve, tilføjede Beate med varme i stemmen. Både Anna og jeg væver, men han er meget bedre.

Der skal vi ind, sagde Anne Marie og Maria, næsten i kor, så de kom til at grine.

Lidt senere passerede de igennem et gammelt fiskerleje.

Det er Gambias største fiskerihavn, sagde Bøje, der skal vi også ind. Det er et utroligt sted. Hvis I ikke kan lide fiskelugten, kan vi parkere lidt i udkanten af byen, hvor I kan handle lidt ind mens vi andre går rundt. Han havde fornemmet, at begejstringen for fiskerlejet hos hans kvindelige gæster var ret beskeden, men de havde da nikket.

Kort tid efter drejede de fra den asfalterede vej ind på en jordvej. Allerede de første 100 meter gav dårlige varsler om, hvad den sidste del af turen ville bringe. Minibussen formelig hoppede og dansede henover halv meter dybe huller, som Dawdi gjorde sit yderste for at undgå. Passagererne kurede frem og tilbage i plastiksæderne og stødte mod hinanden, og tasker og vandflasker fløf rundt.

Vvvvelkommen i Gambias førende rrrrutchebane, forsøgte Kim sig med et grin.

Det bliver bedre endnu, supplerede Bøje, og så varer det endda en hel halv time.

Hvorfor får de ikke smidt noget i de huller, der ser da ud til at være jord nok, spurgte Ulla henvendt til Anders.

Why don´t they fix the road? spurgte Anders Dawdi.

Government should fix it, svarede Dawdi. Not so bad, worse in rainy season, no car can drive here.

Jeg er ved at blive køresyg, hviskede Else til Kim.

Skal vi standse? hviskede han tilbage.

Hun rystede på hovedet. Nej, ikke lige nu.

Derefter fulgte en kort strækning hvor de uden problemer kunne køre 25 km i timen.

"We´ll soon be there," sagde Dawdi, samtidig med at han drejede skarpt til højre efterfulgt af et lige så skarpt drej til venstre, hvorefter han blev nødt til at standse helt og bakke et stykke inden han kunne fortsætte.

Går det? spurgte Kim sin kone.

Er vi der da for helvede ikke snart? snerrede hun tilbage.

Jo, svarede han, jeg tror det er den samling huse, vi kan se nu.

Så er vi der, sagde Anders med myndig stemme. Håber alle er kommet frem i god behold. Jeg sagde jo i går, at det ville blive noget af en bumletur, I troede måske jeg overdrev, men det gjorde jeg vist ikke, vel, haha?

Dawdi parkerede minibussen uden for porten til et nydeligt forholdsvis stort hus. Et øjeblik senere dukkede landsbyens katolske præst op i fuldt ornat og bød dem velkommen med et stort smil. Præsten, som arrangørerne omtale som Father Job, eller bare Father, var en forholdvis lille, lidt korpulent mand midt i fyrrerne, der talte udmærket engelsk.

Da selskabet havde taget plads i de dybe lænestole og sofaer, der var placeret langs væggene i præstens stue, holdt præsten en formel velkomsttale, hvor han fortalte lidt om landsbyen, hvorefter han meget elegant takkede arrangørerne for det store arbejde, de havde præsteret for landsbyen. Betydningen af deres indsats kunne kun undervurderes. Han sluttede af med at opfordre til spørgsmål, hvilket han måske fortrød, fordi nysgerrigheden en halv time senere stadig forekom uudtømmelig.

Undervejs rømmede Anders sig flere gange, uden effekt, så han til sidst simpelthen foreslog Father Job, at de skulle se at komme videre, hvis de skulle nå rundvisningen i landsbyen.

Kim konstaterede at *Eine Kleine Nachtmusik* var det, hans jukebox ville divertere med i Kunkujang. Dejligt. Som skoledreng havde han købt den på plade på et loppemarked og derefter spillet den så tit, at han siden da kunne fløjte den, stort set fra ende til anden.

På vej ud til minibussen bemærkede Kim, at præsten havde påfaldende mange tomme whiskyflasker stående forskellige steder, og udenfor lå der også et par stykker. Han spurgte præsten om det ikke var vanskeligt at have den slags interesser i et muslimsk land. Han svarede med et stort smil, at det havde han ingen problemer med, og at han brugte de tomme flasker til at få rent vand ved at lægge dem med urent vand i solen, indtil urenhederne var kogt væk.

Godt vi ikke har stiletterne på i dag, bemærkede Maria med et lille grin, da de begyndte deres besigtigelsestur. Jordvejen gennem landsbyen var lige så hullet, som de veje de havde kørt på, og nu opdagede de, hvor støvet der var overalt. Og godt vi selv har rigeligt med vand med, supplerede Else. Jeg er ved at fordampe.

På nabogrunden til præstens hus lå to tomme huse, der var i nogenlunde stand. Det havde indtil for få år siden været en sundhedsklinik drevet af en hollandsk organisation. Genåbning af klinikken var det største ønske for landsbyens kvinder. På spørgsmål om, hvorfor klinikken lukkede, talte præsten sort i fem minutter, uanset hvilke spørgsmål hans gæster forsøgte sig med.

Derefter gik gruppen en længere tur gennem landsbyen til et stort gartneri, drevet af 100 af landsbyens kvinder. Undervejs så de mange forskellige såkaldte compounds med små primitive huse og store køkkenhaver indhegnet med stakit af forhåndenværende materiale og buske. Indhegningen var nødvendig for at afskærme fritgående grise, der ellers ville æde deres afgrøder. Father Job fortalte, at der typisk boede 12-15 børn og voksne i hvert hus. Husholdningerne hentede vand i en nærliggende brønd og havde et primitivt lokum bagest i deres køkkenhave. Landsbyen havde ingen strømforsyning, men de bemærkede alle, at de fleste voksne de så, gik rundt med en mobiltelefon.

Kvindernes have var en positiv oplevelse for gæsterne. Have var en for beskeden betegnelse, for der var tale om 100 haver på en indhegnet grund. Det var nærmere et stort gartneri med grøntsager i flot vækst så langt øjet rakte. Kvinderne vandede deres haver med vand de hentede i spande og krukker fra en enkelt vandhane og en enkelt brønd. Gæsterne fik lejlighed til at snakke med 4-5 af kvinderne, der tydeligvis var stolte af deres gartneri. De fortalte også hvor meget de redskaber, de havde fået af arrangørerne, betød for dem. På Bøjes spørgsmål opregnede kvinderne lidt tøvende, hvilke andre ønsker de kunne have.

Imponerende - hvor får de meget ud af lidt, sagde Else på vej ud af haverne sammen med Anna.

Ja, det er vigtigt for dem det her. De knokler helt vildt, men det er deres. Mændene har ikke noget med det at gøre. Vi køber de redskaber, de gerne vil have og får det fragtet ud til dem, mens vi er her.

På vej til landsbyens katolske gymnasium passerede gruppen en stor plads med masser af ukrudt og fundamentet til en større bygning.

Ja, det er så markedspladsen, sagde Anders med et skævt smil. Eller skal vi sige en spæd begyndelse til en markedsplads. Vi betaler materialer og landsbyen skal så selv grave ud og mure op. Man kan ikke sige det går langsomt, det går meget, meget langsomt. Somme tider tvivler vi på, om det nogensinde bliver til noget. På os virker det som om de engang imellem lige kommer i tanker om, hvad vi har aftalt, og så bliver der bygget lidt, men der kan gå uger og måneder imellem, tror jeg. Det ser i hvert fald sådan ud.

Landsbyens katolske gymnasium bestod af fire lange lave bygninger med klasseværelser, toiletter, boliger til lærerne, kontorer og bibliotek. Bygningerne var i pæn stand. Bøje trådte hen foran gruppen og begyndte at fortælle om arrangørernes indsats for skolen. De havde finansieret solcellestrøm, så eleverne kunne læse om aftenen og så de kunne bruge de 30 PC-er som de også havde skaffet skolen. Desuden havde de fået opført et tårn, så skolen havde internetforbindelse og kunne udbyde IT-undervisning. Bøje nød tydeligvis den anerkendende mumlen fra gruppen.

Da de fik fremvist skolens bibliotek, noterede Kim sig, at bøgerne var 40-50 år gamle og så ud til ikke at være i brug. Godt de er kommet på nettet, tænkte han.

Skolens rektor var ikke til stede. Skolens vært viste sig at være en temmelig høj og svær kvinde, vicerektoren Mrs. Mamoudu, der stolt viste skolen frem og svarede på deres spørgsmål.

Hun er god, sagde Anders på vej ud af rektors kontor. Desværre kan hun ikke blive rektor, hun er muslim.

Arrangørerne fik mange anerkendende ord fra resten af gruppen på vej til det sidste sted de skulle besøge i Kunkujang, pigekollegiet. Klokken havde passeret tolv, temperaturen havde nok passeret de 35 grader og for de fleste af deltagerne havde interessen for at se mere bare passeret 0-punktet på vej nedad. Og fødderne var også bogstaveligt talt blevet tunge. Undervejs fortalte Beate om kollegieprojektet. Gymnasiet havde et stort optageområde bestående af 13 landsbyer. Det betød, at de fleste elever havde langt til skole. For pigerne stod valget mellem bo på et kollegium eller undlade at gå i gymnasiet. Derfor havde arrangørerne finansieret det pigekollegium, de nu skulle se.

Da gruppen var kommet gennem kollegiets port, blev de mødt af en smilende Søster Anna, lederen af en søsterorden og kollegiet som holdt til på samme grund. Søster Anna førte dem mildt og venligt rundt i kollegiet, der viste sig at være særdeles nydeligt og ryddeligt. Hun antydede med et lille smil, at pigerne vist havde haft meget travlt. På Beates spørgsmål om, hvor pigerne var, svarede søsteren, at de ville de snart få at se.

Og ganske rigtigt, da de trådte ud i kollegiets gård stod 24 smilende og forventningsfulde piger på 15-17 år stillet op for at hilse på dem. Gruppen blev hurtigt placeret på bænke og stole, og så begyndte et medrivende synge-og danseshow, der varede i henved en halv time.

Da showet var slut takkede Anders varmt for underholdningen, og spurgte, og kollegiet manglede noget, de måske kunne hjælpe med. På kollegiet vegne svarede Søster Anna ikke umiddelbart, men det blev aftalt, at hun skulle lave en ønskeliste, som hun kunne give til Father Job, der var arrangørernes kontaktperson til landsbyen.

Alle gruppens deltagere var imponerede over kollegiet. Det gjorde dem godt at se, at arrangørernes projekter prioriterede kvinderne og pigerne.

Ja, men det er ikke kun for kvindernes og pigernes egen skyld, det var det selvfølgelig også, sagde Anders hen over gruppen. Det er nemlig tydeligt, at det er kvinderne der skal skabe forandring. Mændene er både for dovne og for dumme.

Anders´ bemærkning affødte både latter og et par tørre hørt, hørt fra gruppens kvinder.

Gruppen tog afsked med Father Job foran porten til hans bolig. Anders takkede ham på gruppens vegne, og det var tydeligt, at gruppen stod bag hans ord, men også i tankerne var på vej i brusebad eller i Atlanterhavet.

Rutchebaneturen i minibussen forekom ikke deltagerne så slem eller så lang som på udturen, og de var tilbage på hotellet klokken halv tre. De aftalte at spise en sen middag sammen kl. halv ni, på restauranten Nicki-Nacki.

Kim og Else skyndte sig til deres lejlighed og spiste en hurtig frokost.

Så er det beach-time, sagde Else forventningsfuld. Først en masse sol, så en tur i havet, så en masse sol og så en tur i havet. Hun så næsten salig ud ved tanken.

Jeg går en tur langs stranden, sagde Kim, og så skal jeg også i havet, det ser sindssygt lækkert ud. De skiltes ved den lille strandbar, hvor Anders og Bøje sad og nød en øl.

Sig mig, sagde Kim i forbifarten, har I reserverede pladser hernede, jeg synes altid I sidder her.

Klart, svarede Bøje, det er VIP-pladser, det kræver et godt søk at komme i betragtning til dem.

Og det har vi selvfølgelig, tilføjede Anders tilfreds, men det kræver træning, skal du vide.

Kim gik denne gang til venstre på stranden. Han var helt forberedt på at blive passet op af mange sælgere og tiggere, og gik derfor så langt ud i havet han kunne uden at hans shorts blev alt for våde. Stranden til denne side var på mange måder anderledes. Hoteller og restauranter lå tæt, og gæsterne på stranden så ud til at tilhøre en højere indkomstklasse. Børn og unge op til 14-15 år spillede beachvolley og fodbold, og til sin store glæde inviterede drengene ham med til fodbold, hvilket han dog afslog. Han kunne med et halvt øje se, at de var alt for gode til hans niveau. Længere henne ad stranden dukkede de første miksede par op. Det var typisk en ikke helt ung europæisk kvinde, der fulgtes i en vis afstand med en ung muskuløs gambianer. Først nu bemærkede han, at tilsvarende konstellationer sad omkring restauranternes borde, nogle af dem holdt i hånd og småkyssede indimellem, mens andre bare sad og snakkede. Han havde hørt om disse par hjemme, men her var syn for sagn.

Lige som han passerede en pynt kom et af parrene gående hånd i hånd hen imod ham. Kvinden var uden tvivl Maria og hendes partner så ud til at være omkring 25 år og så meget atletisk ud. Maria lyste op i et stort smil, da hun fik øje på ham og hilste ham med den særlige feminine hilsen, hvor fingrene flagrer lidt som en kinesisk vifte.

Kim gik videre med øjenbrynene oppe i panden. Det var fandens, tænkte han. Det havde han ikke lige set komme. Gud ved hvordan hun ville håndtere det i gruppen.

Lidt længere henne af stranden blev han råbt an af en ung mand med gammeldags trækrykker. Han var forfærdeligt handicappet og havde været det helt fra fødslen, fortalte han. Hans ærinde var, at han havde set på nettet, at man i Europa kunne afhjælpe de værste af hans problemer, og at han gerne ville have hjælp til at komme til England eller Danmark. Gambia hverken kunne eller ville hjælpe ham. Kim kunne se på hans øjne, at han hverken troede eller håbede på hjælp mere, men så havde han da gjort endnu et forsøg. Kim forklarede udførligt, hvorfor han ikke kunne hjælpe, og det accepterede den unge mand mærkeligt nok. Tilsyneladende var han bare glad for, at nogen gad at snakke lidt med ham. Kim besluttede at vende om og tage den dukkert han havde sat sig for.

På vejen tilbage syntes hans hjerne tilsyneladende at det var passende at underholde ham med *Stary, stary Night*.

Kim fortalte ikke Else om mødet med Maria og hendes boyfriend. Hvis der skulle snakkes om det under middagen, måtte det være Marias sag.

Alle var lidt trætte, men i godt humør under middagen på restauranten Nichi-Nacha. Kim forsøgte flere gange at fange Marias blik, men hun lod som ingenting. De snakkede mest om dagens oplevelser, og arrangørerne fik meget ros både for besøget i Kunkujang og de projekter de havde gennemført.

Anders og Bøje forsøgte flere gange at dreje snakken hen på fremtidige projekter og især på finansieringen af fremtidige projekter, men løb hver gang ind i en storm af spørgsmål og forslag til, hvad andre kunne gøre. Kim sagde, at han savnede en ledelse i Kunkujang. Uden ledelse, et sogneråd eller lignende, var det håbløst at samarbejde med landsbyen. Anders og Børge var enige, men mente alligevel man måtte samarbejde med dem, der ville, dvs. først og fremmest Father Job. Præsten var jo en slags uofficiel leder af landsbyen. Når beboerne ikke kunne klare et problem i egen compound, afleverede de opgaven til præsten, der var ved at gå til i druk over alle de opgaver han fik overdraget. Men han var den bedste mulighed eftersom landsbyens høvding, alkaloen, holdt sig ude af alle problemområder.

Kim tænkte sit. Der var mange gode muligheder for udvikling i landsbyen, øget produktion af afgrøder, åbning af sundhedsklinik, etablering af vandforsyning, forbedring af undervisningen i skolerne og etablering af el-system baseret på solenergi. Det var akkurat den slags projekter han var interesseret i for at "do his bit" for en bedre indkomstfordeling og for at nogle gambianere kunne se en fremtid for sig selv og for sin familie i Gambia.. Men hvordan man kom fra idéstadiet til virkeligheden, havde han ikke fantasi til at forestille sig. Da han kom hertil, poppede hans gamle drøm om at den katolske kirke blev pulveriseret pludselig op igen. Det havde i virkeligheden været hans største indvending mod at tage turen til Gambia i det hele taget, at han var bange for at blive fedtet ind i noget katolsk noget. Han ville elske at se en hærskare af forskere få adgang til den katolske kirkes arkiver, hvor registrering af store og små forbrydelser har hobet sig op gennem mange hundrede år. Model a la Sovjetunionen og Østeuropa efter Murens fald. Han havde engang hørt en katolsk præst i Danmark forklare kernen i den katolske tro. Den var baseret på, at Gud havde skabt mennesket i sit billede. Hvis det ikke var tilfældet, ville hele det katolske hus styrte sammen. Herre Gud, havde han tænkt, mon ikke det er lige omvendt. Mennesket havde jo gennem årtusinder skabt guder i deres eget billede.

Efter middagen vandrede de i tæt sluttet flok de få hundrede meter tilbage til hotellet. Belysningen var meget svag og de skulle passere taxamændenes territorium. Chaufførerne viste sig at være meget fredsommelige, nogle superoptimister tilbød taxakørsel, mens andre nøjedes med at ønske dem en god aften.

Kapitel 6

Efter morgenmaden den næste dag satte Kim sig ned i hotellets udendørs restaurant for at tjekke mails og se nyheder fra Danmark og verden ved hjælp af hotellets WiFi anlæg.

Kort efter han havde bestilt en kop kaffe, dukkede Maria op.

Hej, sagde hun, og satte sig ved siden af ham. Nå, virker systemet i dag?

Ikke ret længe ad gangen, svarede han, man skal godt nok være klar, når den grønne lampe lyser, ellers er det for sent.

Maria tilkaldte tjeneren og bestilte en kop kaffe og en croissant.

Du har ikke underholdt med vores møde i går, sagde hun og vendte sig om mod ham. Det er fint.

Ja, jeg syntes du selv skulle fortælle det, hvis du synes.

Helt rigtigt. Det regnede jeg også med, du ved, kvindelig intuition og den slags. Hun smilede stort. Jeg har ikke noget imod at de ved det, slet ikke, men måske ville de ikke bryde sig om at vide det, for nogle er det hårdt nok at se alle de par på stranden, uden at vide hvem de er. Arrangørerne ville måske også blive lidt knotne, kunne jeg tænke mig.

Må jeg være nysgerrig? spurgte Kim.

Du ville skuffe mig, hvis du ikke var. Fyr løs.

Er ham du kom med hånd i hånd din kæreste?

Det kan du tro! Saiko er en skøn ung mand, og vi er kærester, mens jeg er her. Når jeg tager afsted igen, får han nok en ny kæreste. For mig er det mest et spørgsmål om at få dejlig sex. Sex er noget af det bedste jeg ved. Hun så glad ud og lagde spontant sin hånd på hans et øjeblik.

Du er da stadig en flot kvinde, du kan da vist få al den sex du vil have derhjemme.

Ja, ja, det gør jeg også, men det er mere besværligt derhjemme. Jeg er direktør for en lille virksomhed, og det kræver sin kvinde. Jeg har to ægteskaber bag mig og vil ikke prøve en tredje gang. Derfor sørger jeg altid for at afslutte forholdene i god tid, så kæresten ikke får gode ideer om at flytte sammen og lege moderne ægtepar. Mine tre børn plager mig tit for, at de kan møde mine kærester, men det har jeg undgået indtil nu. De fleste kærester forstår godt en halvkvædet vise, når vi altid skal mødes på forskellige hoteller eller hos ham.

Er du ikke bange for, hvad der kan ske, når du er sammen med Saiko?

Vi har sex på et pænt hotel ligesom hjemme, og han bruger altid kondom for at beskytte mig mod HIV/Aids.

Har han HIV?

Nej, nej. Han viste mig en spritny lægeerklæring, der frikendte ham, men man kan jo aldrig vide.

Plager han dig ikke også for at komme med dig hjem, det kunne jeg forestille mig?

Det har du ret i, men jeg tager det i opløbet, så vi har rene linier. Han tjener godt, mens jeg er her, og han ser faktisk også ud til at nyde det. Jeg ved godt de kalder sex med hvide for pumpearbejde, men Saiko kan meget mere, jeg tror godt han kunne leve som gigolo i København.

Hvordan fandt du frem til din kæreste?

Det var en veninde, som havde et telefonnummer, jeg kunne prøve. Det var faktisk let og forretningsmæssigt.

Tager du herned igen for at møde Saiko?

Jeg tager nok herned igen, men jeg tror ikke jeg ser Saiko igen. Jeg går ud fra du har set alle de unge mænd, der træner vildt på den anden side af hotellet, så jeg finder nok en ny Saiko.

Nå, det var forklaringen, jeg troede det var en slags militært træningscenter.

Maria grinede. Nixen, de træner til lagengymnastik, og de er i noget bedre form til det end de halvgamle kærester, jeg hygger mig med derhjemme.

Det er da vist renlivet seksuel ligestilling, du praktiserer, er det ikke?

Jojo, svarede Maria, hvorefter hun tog en stor mundfuld af sin croissant og skyllede efter med kaffe. Hvad med dig? fortsatte hun. Du må da også få uro i jernet, når du ser alle de lækre sild nede på stranden.

Jo, selvfølgelig.

Men du har jo konen med, og så dur det ligesom ikke, vel?

Nej, men det var nu heller ikke det, jeg drømte om, da jeg var ung. Jeg er 68-er og det vi ville var at frigøre sex for alle, så man kunne dyrke sex med hvem man delte lyst med uden at det betød, at familier blev opløst og virksomheder gik nedenom og hjem. Du er jo så ung, at du ikke har erfaring med, hvor meget skrækken for graviditet lagde dæmper på udfoldelserne dengang.

Det er ikke lykkedes ret godt for jer 68-ere, synes du? spurgte hun.

Nej, nej. Det er blevet anderledes, men ikke bedre. Endnu da. Jeg kunne forstå det, da kvinderne arbejdede hjemme, i den situation kunne en skilsmisse være en katastrofe. Men nu tjener kvinderne så meget, at de kan forsørge sig selv, og så kan de også have det sexliv de vil have. Det forekommer mig helt naturligt, når en mand og en kvinde til en fest har sex, hvis de har lyst til det, det tager måske et kvarter eller en halv time, hvorefter de går hver til sit og sine. Men som det stadig er den dag i dag kan de risikere, at to ægteskaber skal opløses, selvom de måske dagen efter dårligt kan huske, hvem de var sammen med.

Jeg er helt enig, men der er godt nok lang vej hjem, svarede hun og tog den sidste bid af sin croissant. Mine børn er s´gu også så bornerte, at det halve kunne være nok. Det er også derfor jeg holder mine kærester for mig selv. Og så den #Metoo-kampagne, altså. Folkedomstol af den slemme slags. Pigerne skulle i stedet lære at sige nej, så det kan forstås og ikke lade sig friste af sidegevinster ved sex.

Har du en datter?

Ja, og jeg har forsøgt at lære hende det, men hun vendte det hvide ud af øjnene, som en teenager, selvom hun var over 20.

Jeg har læst meget og hørt meget om det her, begyndte Kim igen. Noget af det mere underholdende var et interview med to smukke iranske piger på 19-20 år. De erklærede bramfrit, at deres mænd da kunne få al den sex de ville have, de skulle bare lige være sikre på, at deres kone fik en orgasme, hver gang de selv fik en udløsning, haha.

Maria grinede højlydt: Kloge piger må man sige, jeg kunne ikke sige det bedre selv.

Kim fulgte op på historien med et referat af en radioudsendelse. En interviewer spurgte en prostitueret om, hvad det var hendes kunder betalte for, var det for en orgasme? Den prostituerede havde grinet højlydt og svaret: Nej da, han betaler for at få lov at onanere i mine kropsåbninger. Intervieweren blev tydeligt paf og skyndte sig så at runde udsendelsen af.

Maria grinede igen. Hun har jo ret, sagde hun så. Men det passer ikke på kvinder. Vi har mange erogene zoner som den dejlige elsker forstår sig på. Mænd har vist kun én erogen zone, hvis man kan kalde den det. Hør du har da vist sat dig godt ind i det med sex, hvad?

Ja, jeg synes det er vigtigt. En klog mand sagde engang, at alt handler om sex, undtagen sex, det handler om magt. Sex hører jo til i krybdyrhjernen og skal forstås på linie med at få noget at spise og undgå at blive spist. Når man får for lidt spise eller drikke begynder man at vandre, hvis man bliver truet på livet, flygter man, og hvis man får for lidt eller for dårlig sex sker der også trælse ting. Vi er ikke sultne hos os, og vi er heller ikke truet på livet, men det er påfaldende så mange problemer, vi har med sex, synes jeg. Jeg er begyndt at tjekke, hvor meget der i virkeligheden snakkes sex i dagligdagen, selvom man lader som om der ikke bliver snakket om det. Det er s´gu skægt.

Jeps, jeg gør det samme. Det er nok en kvindelig disciplin for det mere subtiles vedkommende. Mænd buldrer jo tit bare løs med sjofle vittigheder. Prøv og nævn nogle eksempler.

Lad mig se om jeg kan huske et par stykker. Jo: Hun har det mest i munden. Han er vist en slatten fyr. Er det ironisk eller erotisk ment. Han kan det hele forfra og bagfra.

Ja, de er gode, og man kan blive ved og ved. Hvad siger du til: Han brugte dirigentstokken meget. Han peger altid til venstre. Hun står for desserten. Hun sætter sig på ham. Det går lidt op og ned for dem.

Dem vil jeg forsøge at huske, men listen kan vist bare forlænges i det uendelige. Jeg kan kun én af de vittigheder, du kaldte sjofle, du kender den måske. Det var en mand der blev interviewet til en videnskabelig sexologisk undersøgelse. Spørgsmål 437 lød: Ryger de normalt efter samleje? Manden tænkte sig om et øjeblik. Så svarede han: Det ved jeg ikke. Jeg har aldrig kigget efter.

Maria fik et hosteanfald af grin.

Hej, lød det oppe fra førstesalen på nærmeste lejlighedsblok. Jeg kommer lige ned. Det var Anne Marie.

Tak for snakken, sagde Kim, det har været en fornøjelse.

Det samme synes jeg, svarede Maria med et strålende smil.

Jeg tror du skal overveje, om I skal være lidt mere diskrete på stranden. Arrangørerne håber jo nok på, at vi har andre interesser end sex, vi skal have dyrket hernede, og når vi kommer hjem.

Forstået. Maria rejste sig. Jeg har aftalt med Anne Marie at vi skal kigge på fugle i dag. Hun vendte det hvide ud af øjnene og lagde betaling på bordet, mens hun skubbede sin stol tilbage.

Nåh, I har rigtig hygget jer. Anne Marie kiggede nysgerrigt fra Maria og Kim og tilbage igen. I har i hvert fald fået grinet noget.

Ja, svarede Maria og begyndte at gå hen mod indgangsporten. Jeg kom lidt for tidligt til vores tur og så så jeg Kim sad her mutters alene. Kim fortalte en kanongod vits, den skal du få, mens vi kigger på pipper. Fangede I rimet?

Skal du ikke med? spurgte Anne Marie, ja og selvfølgelig din kone?

Nej, vi har aftalt at cykle en lang tur, så det må vente til en anden gang. God tur.

Good morning, how are you, sagde portvagten med et stort smil, da Kim og Else forlod hotellets område. Where you come from?

Denmark, svarede Else. Ah, Denmark, fortsatte vagten med endnu et stort smil, hvorefter han begyndte at synge: *We are red we are white we are Danish Dynamite*, mens han gjorde et par små dansetrin. Måske han også har en jukebox i hjernen, tænkte

Kim, mens de smågrinende gik videre. Da vagten senere under deres ophold gentog nummeret flere gange, opgav han ideen om jukeboxen. Det var i stedet vagtens desperate forsøg på at komme i nærheden af drikkepenge.

Uden for porten blev de tilbudt taxa, gode vekselkurser og smykker, men også hjælp til at leje cykler. Det behøvede de egentlig ikke, for der var udlejere med mange cykler på begge sider af vejen et par hundrede meter fra hotellet. De standsede hos den første udlejer, der så ud til at have passende cykler og aftalte en guided tur på 2-3 timer. Musa, som udlejeren præsenterede sig som, foreslog en tur til nationalparken, men de foreslog i stedet at køre uden for byområder, ud på landet. Musa vurderede diskret sine to kunder og rystede lidt på hovedet.

Very bad roads, sagde han og foreslog i stedet en tur til et krokodillereservat. De blev enige om både at tage på landet og besøge krokodillefarmen.

Cyklerne var udmærkede og det var nødvendigt. Lige så snart de havde forladt de asfalterede veje med bymæssig bebyggelse og forretninger var vejene jordveje af samme eller ringere standard end vejene til Kunkujang. De måtte krydse sig frem mellem dybe huller og trække cyklen gennem løst sand. Musa spurgte med jævne mellemrum om hans gæster var OK og om de skulle holde en pause. Han var selv en ung mand i god form, men temperaturen måtte have nået de tredive grader og cykelturen krævede af og til påfyldning af kølevæske, eller i det mindste væske uden køl - også for ham.

Det første område de kørte igennem, bestod af en blanding af solide murede huse og små primitive skure, af den slags de også havde set i Kunkujang. Musa forklarede, at det var folk der havde arbejde, der boede i de gode huse, og arbejdsløse familier der boede i skurene. Nogle af de arbejdsløse var kommet til for nyligt fra landet, havde fundet sig en jordlod og sat en simpel hytte op. De var flyttet, fordi der ikke var arbejde til dem på landet, og at chancerne i nærheden af byen var bedre, uden at være gode.

Da de kørte forbi en hjørnegrund med en hytte bagerst på en helt bar, ørkenagtig grund, spurgte Kim om de kunne kigge inden for.

No problem, svarede Musa. Han råbte et eller andet på et af de lokale sprog til kvinden, der stod uden for hytten og kiggede på dem. Kvinden nikkede og gik inden for. Kim tænkte senere over, hvad der havde fået kvinden til at nikke imødekommende. Havde Musa lovet at de ville give hende et par pengesedler?

Musa gik forrest ind ad døren og begyndte at snakke med kvinden, der nu sad op ad væggen ved siden af en mand i hvid kjortel og med en hvid kalot på hovedet. Bortset fra et lille chatol med skuffer, der stod ved siden af manden, var der ingen møbler i rummet. På gulvet mellem manden og chatollet lå der små stofstykker, filtstykker, sytråd, nåle og små farvebøtter. Kvinden og manden sad på et par måtter. Kvinden forklarede, at manden var kommet til skade og derfor ikke kunne arbejde. Da Kim spurgte til, om de havde et soveværelse, pegede hun med sin frie hånd på et tæppe der hang på væggen, og hun opfordrede dem til at kigge ind. Tæppet fungerede som dør til et lille rum med en madras eller et tykt tæppe i det ene hjørne og en kvadratisk briks i det andet hjørne. Ved siden af madrassen stod et lille skab med noget tøj i, mens der ved siden af briksen var et højt skab med meget tøj i og fade og bakker ovenpå. Både opholdsstuen og soveværelset duftede rent, konstaterede Kim.

De takkede for synet, og Else og Kims øjne mødtes. De havde begge blanke øjne, og det varede et stykke tid, før de havde lyst til at snakke igen. Uden for huset bemærkede de nu en tøjsnor med lidt børnetøj og et øjeblik efter kom tre børn stormende og stillede op til fotografering med store smil og strålende øjne, der stod i skærende kontrast til forældrenes triste udstråling.

Herefter ledte Musa dem målbevidst ud til en kvindehave. Ligesom i Kunkujang havde henved hundrede kvinder fået etableret en fælles have, fortalte han. Det viste sig at være et udviklingsprojekt finansieret af Taiwan Technical Mission og projektet så meget vellykket ud. Til haven hørte et opholds- og maskinhus til brug for kvinderne og som garage for en lille traktor, en plov og en harve. Haven så meget overskudsagtig ud med store bed af kål og løg og andre afgrøder, som struttede af sundhed. Musa kontaktede en kvinde, som var ved at vande et stort bed med kål. Hun ville gerne fortælle om haven, men helst have flere med til det. Et øjeblik senere var de omringet af 5-6 kvinder, der af og til i munden på hinanden fortalte om haven. Det de var mest glade for, var deres solcelledrevne vandpumpe, der sparede dem for at hente vand op af en brønd med en spand. Rundt om brønden stod de første 30 gule spande som de brugte til at fragte vandet ud til bedene, men det nævnte de ikke som et problem. Haven var organiseret med fællesbed, som alle deltog i pasningen af og personlige bede, som den enkelte kvinde passede og som hun alene fik udbyttet fra.

Impressive, sagde Kim på vej hen til deres cykler. Really good. Musa nikkede tilfreds.

På vej ud til krokodillefarmen kom de forbi et sted, hvor der lå hundredvis af lerblokke af samme størrelse. Det viste sig at være områdets teglværk. Lerklumperne skulle bare ligge i solen i nogle uger, så kunne de bruges til at bygge huse med. Lidt længere ned ad samme vej fik de syn for sagn. En murer var i gang med at opføre et hus, alt imens en kvinde med et barn på hoften holdt øje med dem. Murene så solide ud, men de holdt ikke så længe, fortalte Musa, men så måtte de jo bare bygge igen. De solbrændte lersten var ret billige.

Krokodillefarmen var en rigtig turistmagnet. En 2-3 meter lang voksen krokodille og 3 unger holdt til i et stort vandhul, der var grønt af alger. Musa advarede dem mod at komme for tæt på dyrene og demonstrerede sit mod ved – forsigtigt - at klemme den voksne krokodille i halen. En lokal guide forsøgte at udkonkurrere Musa, men opgav hurtigt.

På hjemvejen kørte de forbi to svejsere, der arbejdede på livet løs med at svejse rør sammen midt på det, der kunne være et fortov. Det så både professionelt og effektivt ud, syntes Kim, selvom deres arbejdstøj mere lignede strandtøj end kedeldragter og de godt nok noget specielle solbriller næppe var det mest effektive sikkerhedsudstyr.

Da de nåede tilbage til asfalterede veje og butikker foreslog Musa, at de skulle holde en pause for at få lidt at drikke.

Han er ved at blive træt den gamle, sagde Kim.

Det er jeg nu også. Jeg plejer jo selv at bestemme tempoet, og det er liiige knapt så højt som det I foretrækker. Jeg kan da sådan set godt ordne en cola, hvis du presser mig.

Colas, here we come, råbte Kim til Musa, der grinede fornøjet.

Det sidste stykke vej tilbage til hotellet førte gennem en skov, der gav dejlig skygge. Undervejs så de en far, der kom kørende med en trillebør fyldt med tørre grene. Sammen med ham var der fire børn af forskellig størrelse, alle med et bundt grene på hovedet. Lidt senere så de en mand klatre rundt i et 5-10 meter højt træ for at plukke træets allersidste frugter. De sneg sig stille forbi træet for ikke at forstyrre manden, operationen så halsbrækkende ud.

Tilbage ved Musas forretning uden for hotellet kunne Kim ikke få Musa til at forlange en bestemt betaling. Derfor betalte Kim ud fra, hvad han havde betalt taxachaufføren, og det affødte hverken glæde eller skuffelse hos Musa eller tak. Han proppede hurtigt pengene i lommen og begyndte at tale for endnu en tur. Kim fornemmede Musas tilfredshed med at have arbejdet og tjent penge.

Jeg er lige om en studs blevet til en beach-girl, sagde Else efter at have givet hånd til Musa. Thank you, Musa.

Yes, yes. Thank you. It was a good ride.

Den følgende uge kom til at følge et næsten fast skema. Hver anden dag kørte de i samlet flok i minibussen ud og besøgte projekter og små kunsthåndværksteder og turistseværdigheder. Dagene indimellem var individuelle turistdage. Nogle dage spiste de middag sammen om aftenen, andre dage delte de sig op.

Kim var temmelig imponeret over de projekter de besøgte. De var alle knyttet op på undervisning, fordi initiativtagerne i Danmark typisk var lærere. Nogle fik bygget nye skolebygninger, andre skaffede nye skolemøbler, andre igen IT-udstyr og symaskiner til skills-centre, men alle projekter indeholdt derudover stipendier til elever, mest piger, der ellers ikke havde mulighed for at gå i skole. Alle danskere arbejdede ulønnet og brugte meget tid på at skaffe finansiering hjemme i Danmark ved at holde foredrag og ansøge små lokale fonde.

Kim kunne ikke se sig selv i den slags projekter, det var andre bedre til. Hvis han skulle noget, skulle det nok være noget med sundhed og produktion. En aften foreslog han Else, at de skulle tage ud til et projekt, de havde hørt om hjemme. En blikkenslagermester havde solgt sin forretning og taget til en lille landsby ikke så langt fra Kunkujang. Her havde han foreløbig brugt seks måneder om året i otte år på at udvikle landsbyen, finansieret af ham selv og en følgegruppe i Danmark med bestyrelse og hele balladen.

Jeg orker snart ikke flere projekter, stønnede Else.

Det her er noget specielt, det må du da indrømme.

Jojo, men alligevel.

Så tager vi dagen efter op og besøger Kunta Kinte, det skal vi i hvert fald også nå.

Godt så.

Næste morgen gik de ud foran hotellet og prajede en taxa. Chaufføren var så ung, at de begge var i tvivl om han var gammel nok til at have kørekort. Han, Buba hed han, grinede højt og fortalte at han var 27 år gammel, men at han da havde løjet sig ældre end han var første gang han skulle have kørekort. Buba talte fint engelsk og forklarede på spørgsmål, at han havde lånt bilen af en kammerat, og at de delte indtægterne.

Vejen ud til blikkenslagerens projekt var om muligt værre end de andre veje de havde set. Buba var lidt betænkelig på bilens vegne, men med meget forsigtig kørsel og spørgsmål undervejs til lokale beboere om retningen, nåede de frem i god behold. Else havde igen været på randen af køresyge.

De havde ikke kontaktet blikkenslageren, Jørgen Hansen, i forvejen, men det tog han i stiv arm.

Vil I have frokost, spurgte han uden videre, jeg skal alligevel snart have noget. Så pegede han på en lidt rund mand, der så ud til at være midt i halvtredserne.

Det er den nye høvding, alkaloen, som det hedder hernede, fortsatte deres vært. Jeg skal lige aftale noget med ham. Den gamle alkalo stjal jo nogle af vores penge, så han røg ud. Den nye kan man bedre arbejde med. Men sid ned, så kommer jeg lige med lidt at drikke.

De satte sig ved et bord, der gav dem udsigt over noget der lignende en gammeldags dansk have med blomsterbede og urtehave og en flot udsigt til havet.

Øl eller vand? råbte deres vært inde fra huset.

En øl og to vand svarede Kim.

Et øjeblik senere kom alkaloen ud fra huset, hilste høfligt og forlod stedet.

Efter at have stillet drikkevarerne på bordet sammen med glas, tallerkner og bestik, forsvandt Jørgen igen ind i huset efter at have sikret sig, at hans gæster var med på en omelet.

De fik en god frokost med masser af salat og friskbagt brød, alt imens Jørgen fortalte om sit projekt. Han havde bygget huset de sad i til sig selv, jeg er jo hernede 7-8 måneder om året, som han forklarede. Jeg holder mig selv ved kost, men får lidt hjælp til rengøring.

Under frokosten snakkede Jørgen næsten hele tiden om sit projekt, kun afbrudt af høflige spørgsmål til, hvad der havde bragt dem til Gambia.

I sagde jo selv, I var kommet for høre om projektet, så I er selv ude om det, tøhø, sagde han efter henved en halv time.

Han begyndte med historien om alkaloen.

Ham alkaloen, der var her, er god nok, tror jeg. Men det troede jeg jo også om den gamle. Vi havde jo sikret os i hoved og røv, troede vi. Når jeg er hernede, er der ingen problemer, men vi er jo nødt til at have rede penge til at betale håndværkere med, når jeg er i Danmark. Så vi havde lavet en pengebeholder i et hul under stuegulvet i alkaloens hus med tre låse og det var tre forskellige, der havde nøgle til hver sin lås. Alligevel forsvandt næsten 25.000 kr., haha. Jeg blev stiktosset, og slubberten indrømmede snart det var ham, men pengene var selvfølgelig væk. Som et lille plaster på såret fik jeg den store grund, der ligger lige derovre. Han pegede ud til højre, hvor der lå et stort ubebygget areal. Men hvad skal jeg med den?

Han lød ikke bitter over, at tyveriet var den tak han have fået for at sætte et stort skub i en søvnig, fattig landsby uden vand, strøm, skole og sundhedsklinik.

Det første han havde kastet sig over i landsbyen, efter han og hans kone havde været på besøg som turister, var at få færdiggjort en skole, som andre danskere havde påbegyndt, men opgivet. Derefter fulgte i hurtig rækkefølge en sundhedsklinik, vandforsyning i hele landsbyen, en fødeklinik, en lægebolig, et gæstehus og et forsamlingshus.

Så du har haft ret travlt i de 15 år, du har været her? spurgte Kim retorisk

Otte år mener du. Jo, jeg har haft travlt, men de lokale kan også godt bestille noget, men mest når jeg er her. De er ikke gode til at holde sig selv i gang, de skal have en til at bestemme, hvad der skal laves, så skal de nok gøre det.

Det er godt nok imponerende, det du har fået op at stå, hold da op.

Jørgen tog en slurk af sin øl.

Er det ikke svært at få finansieret? fortsatte Kim.

Det er min pension, der bliver brugt, og så har vi en forening derhjemme som samler penge ind og hjælper med at få møbler og andet vi får forærende herned. Det fungerer fint, men min pension rækker snart ikke længere, så får vi se.

Hvad med driftsudgifterne?

Staten betaler noget af driften for skolen, lærerløn og den slags, og så fik jeg sundhedsministeriet til at betale for læge og sygeplejersker til klinikkerne. Jeg fik lokket ministeren herud for at holde tale ved åbningen af sundhedsklinikken, det var med TV og det hele. Nå ja, og så har jeg fået lovning på en ambulance fra Falck. Når den kommer, skal ministeren herud igen.

En ambulance, herud? Med de veje?

Ja, det er jeg også lidt spændt på, men noget må der gøres. Jeg har kørt fødende i min egen bil, og det har jeg s'gu ikke nerver til mere. Det er gået godt hver gang, men to gange har de født undervejs. Det kan vi ikke have.

Jørgens mobiltelefon ringede. Han lyttede udtryksløst i omkring et minut, hvorefter han sagde: Meet me one hour.

Jeg skal ud og købe træ, og så skal jeg lige have kigget på klimaanlægget i klinikken, det er blevet utæt. Har I lyst til at se skolen og klinikkerne? Han ventede ikke på svar men rejste sig og begyndte at tage af bordet. Else og Kim hjalp til og fik ved samme lejlighed en rundvisning i hans meget danske hjem. Til slut lagde Kim nogle hundredkronesedler på hans skrivebord. Til projektet, sagde han.

De var nødt til at sætte det lange ben foran for at følge med Jørgen på rundvisningen til bygningerne. Og han er midt i halvfjerdserne, hviskede Kim til sin kone.

Alle bygningerne så nærmest nye ud og indretningen var præget af danske møbler, der var blevet overflødige ved skole- og sygehuslukninger i Danmark. Man skulle lytte meget godt efter for at finde spor af pral eller stolthed, når Jørgen viste rundt. Der kom dog et lille stænk af stolthed, da han viste forsamlingshuset frem. Det er den største sal i hele regionen, sagde han, mens han slog ud med armene, og regeringen og regionsrådet får engang imellem lov at låne det. Det er de glade for.

Mens de tog afsked uden for gæstehuset, hentede Buba taxaen, som de havde ladet stå ved Jørgens hus.

God bumletur, sagde Jørgen med et lille grin. Og så var han allerede på vej hen til sin bil.

Sindsygt imponerende, sagde Kim flere gange på vejen tilbage. Bortset fra det med ambulancen, det er bare sindssygt. Det bliver interessant at se, hvordan projektet bliver vedligeholdt, det kan godt blive et ømt punkt, og hvem skal videreføre projektet, når Jørgen ikke kan mere?

Ja, det er altså ret fantastisk, sagde Else. Men det er også et specielt ægteskab de har. Det må være som at være gift med en sømand på langfart.

Ja, men hun må vel på en eller anden måde være indforstået, ikke?

Måske.

For at snakke om noget helt andet, fortsatte Kim efter en pause. Vi plejer jo at besøge skoler eller børnehaver, når vi er ude. Skal vi spørge Buba om han kan hjælpe os med det?

God idé.

Buba var straks fyr og flamme. Han kendte en skole lige i nærheden af, hvor han boede, han havde faktisk selv gået der. Shall we go there?

Yes, fine, svarede Kim.

Der var et godt stykke vej til skolen, der lå i den del af hovedstaden, hvor der boede almindelige gambianere. Hovedstadens centrum var forbeholdt regeringskontorer, parlament, domstole, præsidentpaladset, militæret og de højere embedsmænds familier. Lige så snart de forlod den asfalterede vej ind mod centrum, var der igen jordveje af dårlig standard, selvom huller i vejen var knapt så dybe som i vejen til Kunkujang. Til gengæld lignede bydelen det, den i virkeligheden var, én stor landsby med masser af mennesker, masser af småboder og små forretninger og masser af legende børn, fodgængere, cyklister og ramponerede biler. Kim og Else havde svært ved at se, om trafikken blev afviklet efter regler, men den blev afviklet uden den store dramatik. Det var meget varmt og støvet, de savnede hotellet med den friske lune brise fra havet.

I live here, sagde Buba og pegede mod venstre, efter at have drejet om endnu et hjørne. And the school is right here, tilføjede han et øjeblik senere og kørte ind gennem en stor gul port.

Jesus Christ, slap det ud af Kim. Is that one school?

Yes, let´s go and find the headmaster, he can explain.

Headmaster, en lille tynd næsten skaldet mand, sad iunge et støvet kontor med høje papirstakke foran og bag sig. Han bød dem velkommen og bad dem sætte sig. Han smilede nervøst. På Kims spørgsmål begyndte han at fortælle om skolen på ikke så let forståeligt engelsk.

4.200 pupils, startede han.

Kim afbrød ham: Did you say 4.200 like four two zero zero pupils?

Yes, yes, see for yourself. Han pegede ivrigt på en tavle på væggen. 4.235, but it´s in two shifts, one from 8 o´clock to 12 o´clock and one from 12.30 to 16.30.

Headmaster benyttede derefter lejligheden til at fortælle om skolens problemer. Ud fra hvad han havde set indtil nu, forventede Kim at høre en uendelig opremsning af problemer, men han indskrænkede sig til to: skolemøbler og toiletter.

Det viste sig, at andre danskere havde skaffet skolen overflødige skolemøbler fra Danmark et par år tidligere. Da de fik forevist de to klasselokaler med disse danske møbler, viste det sig, at termitter havde taget godt for sig af træsæder, ryglæn og bordplader, så mange af møblerne stod som afgnavede skeletter. Det gav sig selv, at elever ville foretrække at stå op til undervisning eller – mere almindeligt - undlade at deltage frem for at sidde på stålrør.

Kim kunne godt huske uhumske toiletter fra de skoler han havde gået på, så han var på nippet til at takke nej til at bese de 12 toiletter, skolen rådede over.

Twelve like one two toilets for 4.200 pupils? spurgte han.

Yes, six for girls and six for boys.

Good grief.

Betegnelsen bombet lokum passer perfekt her, sagde Kim til Else efter et kort kig på toiletterne uden at gå inden for.

Jeg tror dig, svarede Else, jeg behøver ikke selv at se det.

Da Kim, efter de var kommet tilbage på headmasters kontor, begyndte at takke for rundvisningen og udtrykke forståelse for skolens problemer afbrød headmaster ham. Han kastede sig ud i at takke for besøget med forhåbning om, at gæsterne på den ene eller anden måde ville række skolen en hjælpende hånd, som danskere tidligere havde gjort så fint.

Kim trak været dybt og sagde, at de ville tænke over det og give skolen en tilbagemelding. Kim skubbede sin stol tilbage og gav headmaster hånden til farvel.

Og lad os så for himlens skyld komme ud af det her hul, hviskede han til sin kone. Det er i hvert fald ikke den slags projekter, jeg er på udkig efter.

Taxaen var blevet ulideligt varm under deres besøg, og de rullede alle vinduer ned, da de forlod skolegården.

Let´s get back to the hotel, I´m melting, sagde Kim. Buba grinede.

Da de havde kørt lidt spurgte Buba til, om deres besøg på skolen var, som de gerne ville have det.

Yes, yes, svarede Kim og Else næsten i munden på hinanden. De forklarede igen, at de altid gerne vil vide noget om, hvordan almindelige mennesker lever i de lande, de besøger. Skoler og børnehaver havde i mange lande vist sig som en god mulighed for at få et indtryk af det, og de var normalt blevet modtaget med åbne arme.

Efter at have tygget lidt på det, spurgte Buba, om de kunne have lyst til at besøge hans familie en dag. Det havde de ikke tænkt som en mulighed overhovedet, og de skyndte sig at takke ja. De vekslede positive blikke, og Kim vendte – usynligt for Buba - begge tommelfingre opad.

Kapitel 7

Den følgende dag var store turistdag. De skulle sejle det meste af dagen op ad Gambiafloden til der, hvor Kunta Kinte kom fra. Kim og Else havde begge med stor interesse læst Kunta Kintes slægtshistorie i 2-bindsværket *Rødder*. Det var mørkt, da de lagde fra kaj om morgenen og mørkt, da de kom tilbage. Turen appellerede til Kims fantasi. Når de undervejs gik i land for at få en forfriskning og måske købe en souvenir, forestillede han sig at de hentede slaver, som de købte på auktioner. Da de nærmede sig det sidste sted de skulle i land, skiftede hans fantasihistorie til *Mørkets hjerte*. De var på vej for at udslette den mest modbydelige slavejæger verden havde set, Kurtz. Han havde uden problemer skiftet fra elfenbenshandel til slavehandel og ødelagt en god forretning for både den danske og den engelske konge. At slaverne viste sig at være nydeligt klædte storsmilende og tiggende børn og Kurtz til forveksling lignede en meget gammel kone i fineste stads, der hårdnakket hævdede at være tiptipoldemor til Kunta Kinte, gjorde ingen forskel.

Jukeboxen underholdt undervejs i flere timer med *One Too Many Mornings,* som han af en eller anden grund kunne det meste af teksten til.

Buba holdt som aftalt med taxaen og ventede på dem, da de gik i land. Han spurgte forventningsfuldt, om de havde haft en god dag, hvilket de bekræftede uden den store begejstring. Inden de kom tilbage til hotellet, havde de aftalt, at de skulle besøge hans familie næste dag kl. 11.

Kapitel 8

Buba boede sammen med sin familie i en såkaldt compound sammen med 3 andre familier. Bubas familie bestod af hans far og mor, to søstre, en storebror og Buba. Storebroderen var ansat ved militæret, var blevet gift og boede ikke længere hjemme. De to søstre var under uddannelse, den ene til sygeplejerske den anden som universitetsøkonom. Faderen havde været regnskabschef i en virksomhed men var blevet fyret og var nu arbejdsløs på fjerde år. Som den ældste af de hjemmeboende børn var det op til Buba at tjene penge, så søstrene kunne få en uddannelse. Planen var, at de så efterfølgende skulle tjene penge, så han kunne få en uddannelse.

Familiens lejlighed forekom meget lille med en stue, to små soveværelser, et lille køkken og et toilet. Det medvirkede stærkt til den klaustrofobiske fornemmelse både Kim og Else fik, da de kom ind, at stuen var overfyldt med møbler og ting. Der var tre store sofaer og tre lænestole, et sofabord, et serveringsbord og en kæmpestor forgyldt amagerhylde, der fyldte halvdelen af den ene væg. Hylden var nærmest proppet med porcelænsfigurer, skåle og kunstige blomster. Bag den ene sofa stod en klap-ud seng. Køkkenet lignede en dårligt vedligeholdt udgave hans bedstemors køkken, som det så ud på et fotografi fra 1910, og toilettet var uden sæde og rindende vand.

Familien tog hjerteligt imod deres gæster og konverserede dem på nydeligt engelsk. De besvarede åbent alle deres spørgsmål og spurgte også høfligt til deres familie og beskæftigelse og boligforhold. Else havde som værtindegave købt et fint stykke sæbe og noget creme. Efter at have modtaget gaven forsvandt moderen ud af stuen og kom et øjeblik senere tilbage med et fint armbånd, som hun med et stort smil satte på Elses håndled.

Efter en times tid begyndte Kim at antyde, at det måske var tid at bryde op. Det fik omgående de to søstre til at gå ud i køkkenet, og få minutter senere stillede de et kæmpefad med rygende varm ris med grøntsager og lidt fisk foran dem på sofabordet. Moderen opfordrede dem til at spise, og Kim kiggede lidt forvirret på Buba og forklarede, at de bestemt ikke havde regnet med at de var inviteret på middagsmad. Please eat, sagde Buba bare, og gjorde en sigende bevægelse med hånden, som når man drikker vand og ikke har en kop i nærheden.

What about you, are you not going to eat? spurgte Kim og kiggede rundt på familien, der spændt fulgte med i hvad deres gæster foretog sig.

Later, svarede Buba.

Bruger de ikke værktøj i det her land, mumlede Kim for sig selv.

Det forstod Buba instinktivt og fik en af søstrene til at hente to skeer.

Da de havde spist i nogle minutter og rost maden i høje toner, hvilket var på sin plads, var det øjensynligt Bubas tur, og han spiste uden ske. Da han var færdig, tog han en flaske vand og gik ud i køkkenet, hvor han gurglede mund et par minutter.

Derefter var det tid at bryde op. På vej ud af compounden så de, at resten af maden blev stillet på et fælles bord i compoundens gård, og medlemmerne af alle tre familier strømmede til.

I taxaen takkede de igen Buba for besøget og gav ham penge, så han kunne købe noget til familien som tak for middagen. Buba var glad og foreslog, at de skulle tage ud og kigge på faderens hus. Før faderen blev fyret, var han begyndt at bygge nyt hus til både sin familie og sin kone nummer 2. Det viste sig at være et kolossalt stort hus, der var kvartfærdigt. Buba fortalte, at det var hans drøm at tjene så mange penge at han kunne gøre huset helt færdigt.

Da de holdt uden for receptionen på hotellet, aftalte de en sidste tur med Buba. Den der skulle bringe dem i lufthavnen den næste dag.

Om aftenen holdt gruppen den traditionelle sidste-middag sammen. Alle mødte frem i stiveste puds, og det var hverken særligt stift eller særligt pudst, men passede godt til temperaturen og deres i varierende grad solbrune hud. Humøret var højt, alle så frem til at komme hjem. Arrangørerne forsøgte sig efter hovedretten med en spørgerunde til de fem andre i gruppen. Uden at presse for hårdt på, ville de gerne vide noget om, hvad der havde gjort størst indtryk på dem, hvordan de vurderede tilrettelæggelsen, om de troede andre ville være interesserede i en tur og om de eventuelt kunne tænke sig at være med i et projekt.

Tilbagemeldingen fra de tre lidt yngre kvinder i gruppen forekom Kim bemærkelsesværdigt ens. Den dybe fattigdom, de charmerende børn, alt det indlysende, der ikke bliver gjort, de stakkels kvinder, de dovne mænd, behovet for sundhedsfaciliteter, godt tilrettelagt tur med gode besøg men også frihed til at gøre noget på egen hånd, ros til arrangørernes projekter, gerne give anbefaling til andre og så beklagelse over manglende tid til at deltage i projekter.

Kim svarede på hans og Elses vegne. Han delte de yngre kvinders vurdering, bortset fra deres beklagelse over manglende tid. Den undskyldning gjaldt ikke for ham og Else. De havde tid nok, deltagelse i projekter var et spørgsmål om prioritering. Else var ligesom de tre yngre kvinder booket op med aktiviteter, hun ikke ville opgive, men Kim var klar. Men til hvad? spurgte han retorisk. Der var tydeligvis stort behov for nye projekter i Kunkujang, men landsbyen manglede i den grad ledelse, som han så det. Uden ledelse ville nye projekter blive endnu sværere at styre end de gennemførte, også selv om man kunne skaffe finansiering.

Og ja, jeg ved godt jeg lyder som om jeg har 40 års erfaring med u-landsprojekter, og det har jeg, noget i den retning i hvert fald, jah altså de første fjorten dage er da for eksempel allerede gået ind på kontoen., sluttede han. Hans eget grin udløste grin bordet rundt, og stemningen lettede.

Arrangørerne vekslede blikke, bemærkede Kim. Det var vist ikke det, de havde håbet på. Bøje gjorde et sidste forsøg: Det er forståeligt, at alle – eller næsten alle – har for travlt på nuværende tidspunkt til at smide ressourcer ind i projekter som vores. Men vi vil gerne gøre endnu et forsøg med den slags ture, som I har været pionerer på. Måske kunne vi endda bede deltagerne om et lille bidrag til projekter. Derfor vil jeg spørge dig, Ulla, kunne du lokkes til at skrive en lille epistel til vores blad og hjemmeside om turen? Du er jo vant til at skrive artikler.

Det gav et ryk i Ulla, og der opstod en lille pause. Hvad skulle der stå i den artikel? spurgte hun så.

En slags rejseberetning, svarede Bøje og besvarede hendes næsten anklagende blik.

Hvor lang skal den være? fortsatte hun.

Det bestemmer du, svarede Bøje.

Jeg ville gerne, hun lød næsten vred nu. Men som jeg sagde, når jeg kommer hjem, har jeg rygende travlt, så jeg kan ikke love noget. Bøjes vedholdende blik fik hende til at tilføje med lav stemme: Jeg skal nok kigge på det på et tidspunkt.

Derefter tog Anders ordet og takkede med en perfekt værts velvalgte formuleringer for to dejlige uger i godt selskab og sluttede af med at ønske alle en god tur hjem.

Kapitel 9

Else og Kim snakkede ikke så meget om turen til Gambia, efter de var kommet hjem. De kendte hinanden for godt. Hun vidste, at han ville begynde at tænke på projekter, og han vidste, at hun betragtede den slags projekter, som de havde set i Gambia, som mere eller mindre spild af tid og penge. Ikke fordi hun ikke kunne se fattigdommen og uligheden, men fordi der er sten der er så tunge, at man skal lade dem ligge. Dem må staten tage sig af. Familie og venner var vant til at de tog sære steder hen, så Else fortalte om turen, som hun plejede at fortælle om deres ture, og interessen var behersket.

Kim var på nippet til at give sin kone ret, udvikling og gennemførelse af projekter i Gambia forekom ham at være uden for hans rækkevidde. Men hvad nu, hvis regeringen ikke tog sig ordentligt af disse opgaver, og det gjorde den jo efter hans mening ikke? Og Jørgen Hansens indsats havde bestemt gjort indtryk. Han havde gjort en forskel, han havde givet et betydeligt løft til en hel landsby, et løft der forbedrede levevilkårene og optimismen for mange mennesker.

To uger senere fortalte Kim sin kone, at han ville forsøge sig med et mikroprojekt i Gambia. Han ville finansiere renovering af skolemøbler til to klasselokaler på den skole, de havde besøgt. Og han ville gennemføre projektet uden at være til stede i Gambia. Else sagde højt og tydeligt ingenting. Hun kendte til hans u-landskonto og bakkede ham op, men hun var ikke den der tog initiativet på det område.

Kim havde fået et godt indtryk af deres taxachauffør, Buba. Buba skulle – mod en passende timebetaling - være hans projektkoordinator i Gambia, en udnævnelse han tog imod med begejstring. Da hverken skolen eller Buba havde adgang til internettet endsige IT-udstyr, blev det Bubas opgave at fungere som postbud mellem skolen, håndværkere, Western Union og Kim ved at benytte en internetcafé. Hvis Buba stak pengene han hentede i Western Union i egen lomme eller delte dem i porten med andre, var det bare ærgerligt.

Han udarbejdede et meget detaljeret projekt, næsten et slags rollehæfte til Buba, til skolens headmaster og til håndværkerne, og i løbet af små to måneder var projektet færdigt inclusive billeddokumentation, skolens godkendelse af arbejdet og kvitteringer fra håndværkerne. Det måtte jo så også være muligt at lave mindre projekter i Kunkujang uden at involvere den katolske kirke. Men skulle det absolut være Kunkujang? Der var sikkert nok af landsbyer, der var i samme situation. Og hvilke projekter skulle det være? Måske skulle han i stedet bare fortsætte med Børnefondens projekter, som gav et flot løft til skoler i ekstremt fattige områder, men han savnede projekter, der kunne generere indkomster, forbedre sundheden og udvikle undervisningen af børn – samtidig.

Nogle dage opgav han at spekulere på, hvordan han kunne reagere på den nye verden, der trængte sig ind på ham nu. Han vidste godt, at familie og venner og ikke mindst naboer betragtede ham som en slags idealist, hvilket nærmest skulle forstås som et skældsord. Han havde også på fornemmelsen, at de opfattede hans aktiviteter som en indirekte anklage mod dem for ikke at foretage sig ret meget på det område. Men han havde bare haft behovet for frihed, ønsket om at der ikke var for store forskelle i indkomst, ønsket om ligestilling mellem kønnene, ønsket om et fællesskab, der tog sig ordentligt af de uheldige og de mislykkede, ønsket om at alle fik de samme muligheder for uddannelse og job så længe, at det var blevet en del af ham. Og han havde i de jobs, han havde haft, ikke haft problemer med at tro, at han bidrog en lille smule til at verden bevægede sig i den rigtige retning.

Han følte sig overbevist om, at den kurs, verden var ved at lægge om til, ville føre i en anden retning end den, han fandt indlysende rigtig. Og han kendte sig selv godt nok til, at han ikke ret længe ad gangen kunne se til uden at gøre et eller andet, uanset hvor småt det måtte blive.

Det var ikke opmuntrende dage. Hans normalt lyse sind, var ikke så lyst mere. Men hans indre jukebox spillede ufortrødent videre som den plejede. *Tryllefløjten* var det vist.

Han kastede sig uden begejstring over at skrive en ny bog, en krimi.

Et par måneder efter de var kommet hjem fra turen til Gambia, ringede Bøje til Kim. Han spurgte til, om turen havde givet inspiration til at være med i nye projekter i Kunkujang. Han og Anders havde snakket om at forsøge at skaffe finansiering af bedre vandforsyning til kvindernes have og genetablering af sundhedscentret.

Kim fortalte om sit lille skoleprojekt og sine overvejelser om mulige projekter i Kunkujang eller en anden landsby. Bøje syntes godt han kunne se Kims ideer fungere sammen med deres, og spurgte om de sammen skulle forsøge at skrive ansøgninger til fonde. Kim tvivlede på, at de havde grundlag for at skaffe finansiering; ansøgningerne ville efter hans mening komme til at ligne ansøgninger til alle andre godhjertede småprojekter. Bøje lød skuffet, men var enig.

Hvad faén gør vi så? spurgte Bøje. Vi kan jo ikke bare lade som om vi ikke ved noget, vel? Det er for sølle. Det er klart, at vi ikke kan gøre ret meget, men lidt er bedre end ingenting, ikke?

Jo, det synes jeg jo også, men for fa´en hvor er det svært. Vi er i øvrigt ikke engang enige om de projekter, I har gang i nu. Den der markedsplads, altså, det svarer til at bygge en garage tyve år før man får bil.

Haha, enig. Det er bestemt heller ikke min kop te. Nå, det eneste vi kan konkludere lige nu er, at hvis vi skal have bare et lille håb om finansiering fra fonde skal vi have et meget bedre materiale at sende med.

Ja, det mener jeg.

OK, skal vi hver for sig gå i tænkeboks?

Let´s.

Kim holdt fast i sit forsøg på at gøre en lille indsats i det politiske system. Han deltog i alle de møder, han som menigt medlem hos De Radikale havde adgang til, og det var mange. Han befandt sig godt i partiet, der var højt til loftet, mange meninger og mange diskussioner. Indimellem savnede han en voksen i lokalet, der kunne konkludere, men sådan havde det vist altid været i partiet. Og sommetider registrerede han en svag hovskikovski holdning, som han genkendte fra universitetet, Amnesty og Europabevægelsen og som han ikke brød sig om.

På møderne traf han overraskende tit folketingsmedlemmer og medlemmet af Europa Parlamentet og var imponeret over, hvad de kunne overkomme. Hans vurdering var selvfølgelig præget af den dårlige samvittighed han havde over sin egen passivitet, men opgaverne for det lille parti var meget krævende. Med kun ti medlemmer af Folketinget, to medlemmer af Europa Parlamentet og mange små lokalforeninger var stofområdet for alle valgte meget stort, og medlemmernes forventninger var næsten ubegrænsede. De lokale folk, vandbærerne, gjorde – kunne han se - en stor indsats for at partiet kunne gøre sig gældende også uden for hovedstaden. Især mange studerendes begejstring og energi kom lidt bag på ham. Kim ville gerne være vandbærer og meldte sig til at være tilforordnet ved valg, til at sætte valgplakater op og til at gå til hånde for kredsens kandidater til valg til Europa Parlamentet, Folketinget og byrådet.

Kredsens kandidat til Europa Parlamentet forberedte sig til den endelige eksamen på universitetet og var uden chance for at blive valgt, og den anden var overlæge på sygehuset og skulle slå en tidligere minister for at blive valgt, så de havde begge brug for al den hjælp, de kunne få.

Og verden blev ved med at banke på til Kims verden, med knokkelhånd forekom det ham. Antallet af folkevalgte diktatorer fortsatte med at stige, markedskræfterne organiserede kolossale røverier af statskasser, banker assisterede kriminelle og oligarker med hvidvask af valuta, stater førte cyberkrig mod stater, IT-firmaer lækkede millioner af personlige data til højstbydende og det danske skattesystem fremviste nye skader af det angreb en senere statsminister havde igangsat, da han var skatteminister. Hvad værre var, Kim havde ikke svært ved at konstatere, at deres valgte politikere i en lang periode ikke havde været opgaven i en globaliseret verden voksen. Eneste mulighed for små lande i Europa var at stå sammen i EU og FN, hver for sig ville USA eller Rusland eller Kina feje gulv med dem. Danske politikere kæmpede om, hvem der kunne gøre det mest ubehageligt for flygtninge og indvandrede at komme til og leve i Danmark. Halleluja.

Næsten dagligt så Kim eksempler på, at magtbalancen mellem den politiske styring og markedskræfterne i den vestlige verden for længst var tippet til fordel for markedet, det var bare virkningen af skiftet, der var blevet mere synlig med finansmarkedet og IT-området som de mest uoverskuelig skræmmende eksempler. Og hvad værre var: Uret kunne ikke stilles tilbage, de havde passeret the point of no return. Den eneste mikro reaktion, han kunne finde på, var at melde fra til Facebook, så det gjorde han.

Kim bemærkede at "at hvad værre var" var blevet et standardudtryk for ham. Det var vist ikke godt for én med et lyst sind, tænkte han med et lille smil. Måske overdrev han de mørke tanker lidt. Måske var det bare en storm, ikke en tsunami, der var på vej. Eller måske tænkte han sådan, fordi hans vagt var ved at være slut.

Men det var ikke i dag han skulle høre *You Want it Darker*, kunne han mærke.

I de følgende måneder skrev han videre på sin nye krimi, udfyldte rollen som morfar og farfar for tre børnebørn og delte opgaverne med huset og haven med sin kone. Det var ikke så ringe, men ligesom hans indre jukebox altid spillede uden for hans kontrol, bankede verden også uophørligt på. Han ledte og ledte efter modtendenser til den ubehagelige fremtid, han så for sig, og han fandt indimellem lyspunkter. Der var sket regulære magtskifter i Ghana og Gambia efter godkendte valg, Frankrig havde fået en ny præsident, der bød nationalisterne op til kamp, klimaproblemer var ved at blive anerkendt de fleste steder, og der var ved at udvikle sig politikker til at gøre noget ved dem, krigen i Syrien så ud til snart at være historie. Men lyspunkterne var for få til at bringe hans lyse sind tilbage til tidligere styrke, alt for få.

Når hans vagt var ved at være slut, hvad så med næste generation, hvordan vurderede den situationen? Kims børn var meget forskellige. Deres søn, Ole, og svigerdatter, Karla, var lærere og dedikerede spejdere. Fællesskaber var lige dem, og de gav og modtog af et ærligt hjerte. De havde haft store problemer med at få børn, men efter flere års behandling for barnløshed lykkedes det for dem at få to sunde børn. Ole fulgte godt med i, hvad verden havde at berette, men hans indsats, og den var stor, blev altid lagt i det nære sammen med hans kone.

Deres datter, Ulla, havde to døtre med en ingeniør, som hun var blevet skilt fra. De havde håndteret skilsmissen i fint samarbejde. Ullas liv var meget præget af ansvaret for døtrene og arbejdet i staben på et institut på universitetet. Også hun var optaget af det nære, men hun interesserede sig kun lidt for verden, bortset fra værn om dyr og økologi.

De andre børn i familien på begge sider havde det i varierende grad på samme måde, så vidt han vidste, og naboernes børn også.

Det virkede på Kim som om næste generation slet ikke bekymrede sig over alt det, verden havde at sige ham. De betragtede frihed, demokrati, ligestilling, jævn indkomstfordeling, seksuel frihed som selvfølgeligheder, så de kunne koncentrere sig om at få et stort hus, en stor indkomst, dyre ferier og moderne medier.

Men midt i den voldsomme individorienterede medierevolution forekom det ham, at der var en tendens til at de søgte nye fællesskaber. Indtil videre så det ud til at være fællesskaber om computerspil og brætspil, der hurtigt blev opslugt af markedskræfterne. Politiske fællesskaber for unge og yngre med overordnede mål havde han ikke set meget til. Tilsyneladende havde de næste generationer fravalgt de traditionelle medier og de traditionelle politiske partier og tilvalgt markedsstyret underholdning. Men var det ikke som om de manglede noget, noget som de kunne bruge til at give deres liv retning, noget som ikke var bestemt af markedskræfterne? Kims 68-værdier kunne de ikke bruge, de var anakronistiske og slidte. Måske ville religionerne få en renæssance, men næppe Folkekirken, som de fleste unge vist mest betragtede som et serviceorgan, akkurat som han selv gjorde. Nej, men en kristen religion med et forspand af markedskræfter som Pinsebevægelsen var vel ikke en udelukket mulighed. Denne kristne karismatiske vækkelsesbevægelse var i voldsom vækst især i Afrika, Latinamerika og Asien men også USA fulgte med og de plejer jo at kunne etablere et forspand, der siger godaw til de fleste forspand. Og Danmark plejer tilsvarende at efterligne USA med et timelag på 5-10 år.

Og måske var han bare ved at blive en vrissen gammel mand, der ikke kan udstå tanken om at hans vagt var ved at være slut. Men han fik næsten et chok en dag han snakkede med naboens søn, som var ansat hos Microsoft i USA. Sønnen berettede med stolthed, at livet var på vej til at blive meget lettere. Fremover kunne man bare gå og snakke i sit køkken eller stuen for at få bragt varer lige til døren. Det havde Kim hørt om som mulighed mange år tidligere, men det nye var, at der nu var indbygget mikrofoner i al elektronik i hjemmet, mikrofoner der var koblet op på computere hos leverandørerne.

Vil det sige, at alt hvad I går og snakker om hjemme sendes ud til leverandører af forskellig slags, spurgte Kim, har jeg forstået det rigtigt?

Jaja, det er fantastisk. Inden for få timer får man varerne leveret fra Amazon.

Hvad hvis I snakker om noget, I helst ikke vil have andre skal høre?

Så kan man vist nok slå det fra, men hvorfor skulle man det, vi siger jo ikke noget andre ikke må høre, vi laver jo ikke noget ulovligt.

Hvad hvis det bare er noget myndighederne ikke bryder sig om?

Så er det nok fordi man gør noget, der ikke er tilladt, og så er det jo fint, at det kommer frem.

Kim havde taget sig til hovedet. På et splitsekund var Orwells *1984* med Big Brother dukket op i hans hjerne. Han havde som spritny fuldmægtig været med til at indføre den første persondatalov. Dengang syntes han at den tillod for lidt, men udviklingen siden og især i de seneste år og måneder var gået alt for vidt. Ordet tsunami, denne gang over for den personlige frihed, trængte sig igen på. Hver gang Kim kom hertil, så han sig selv til hest på en pampas i Argentina langt fra den nærmeste dataforbindelse.

Indtil videre havde han rystet Marc Zuckerberg ved at melde sig ud af Facebook.

Kapitel 10

Et års tid efter turen til Gambia sendte Bøje Kim en mail og gjorde opmærksom på Velux Fonden som en mulighed for at skaffe finansiering af projekter.

Fondens hjemmeside præsenterede flere muligheder for finansiering. Den eneste der kunne være relevant for ham, var finansiering af rejse og ophold i forbindelse med et projekt. Hans planlæggerhjerne så – efter en del overvejelser – en mulighed for støtte til en fact-finding mission for et projekt med produktionsforøgelse, sundhed og undervisning som endeligt mål. Til sin store overraskelse fik han seks uger senere tilsagn om støtte, og han opfordrede omgående Bøje til også at søge fonden. Seks uger senere fik han afslag på ansøgningen.

Kim opfattede fondens tilsagn som et tegn på, at han var på rette vej med sine projektideer. Derfor tog han på en treugers tur til Gambia. Med Buba som meget kompetent guide besøgte han sundhedsministeriet, den regionale sundhedsmyndighed, det statistiske kontor og naturligvis flere gange Kunkujang. Under det sidste møde afholdt han med Father Jobs hjælp et folkemøde med 35 deltagere, hvoraf flertallet var kvinder. Han præsenterede på mødet en række forslag til delprojekter, som han bad deltagerne prioritere. Prioriteringen var klar: Sundhedscenter, drikkevandsforsyning og vandforsyning til kvindernes have havde alle højeste prioritet. Markedspladsen og forbedring af vejene kom i anden og tredje række.

Da han forlod Gambia efter tre uger havde han en næsten færdig situationsrapport med projektforslag, som kunne bruges til fondsansøgninger. Han sendte den på engelsk til samarbejdspartnerne i Gambia og på dansk til Veluxfonden, Anders og Bøje. Han fik ingen reaktioner fra modtagerne af den engelske version, men Anders og Bøje var begejstrede.

Det næste halve år skrev Kim og Bøje fondsansøgninger i en lind strøm. Afslagene kom i akkurat lige så lind en strøm, og afslagene gjorde dem ikke klogere på årsagen til afslagene. Undervejs forsøgte de sig med nye formuleringer og de spurgte sig frem for at høre andres erfaringer, men konklusionen blev en modstræbende erkendelse af, at den vej ikke var farbar. De forsøgte også uden held at opnå statsstøtte gennem DANIDA og statens projektrådgivere.

Igen stod de ved en korsvej: Give op eller prøve noget nyt. De besluttede at give det en sidste chance. Måske ville en konkretisering af projekterne med detaljeret budget og tilbud fra håndværkere og andre leverandører være det, der skulle til. De bookede en ny treugers tur for egen regning til Gambia.

Deres første møde i landsbyen var aftalt til at være med Father Job, men præsten havde også inviteret en ung mand, Alexander Kama, som skulle hjælpe ham med samarbejdet med donorerne. Alexander viste sig at være meget sympatisk, dygtig og velorienteret. Han præsenterede sig som ansat i EU's Gambiakontor og lignede da også en embedsmand i mørk jakke, hvid skjorte, slips og sorte sko. I løbet af deres 1½ time lange møde sagde han ikke et ord, der kunne gøre Bøje eller Kim urolig. Han kendte deres projektideer fra Kims situationsrapport og bifaldt dem. Det var akkurat den slags projekter han arbejdede med til daglig. Derefter tilbød han at fremskaffe uforpligtende tilbud på vandforsyningsprojektet til landsbyen, vandforsyningen til kvindernes have og sundhedscenterprojektet, mens de var i Gambia.

Efter mødet besøgte de igen kvindernes have, og det var et chokerende syn. Denne gang lignede den en ørken. Kvinderne forklarede, at regeringen for længe siden havde fået dem til at flytte deres afgrøder hjem til deres egne haver for at regeringen kunne pløje, harve og jordforbedre haverne. Regeringen havde bare ikke foretaget sig noget i over 1½ år.

For at det ikke skulle være løgn, var der også dårligt nyt fra gymnasiet og markedspladsen. Efter Bøje og Anders havde fået etableret en mast, så gymnasiet havde internetforbindelse uden løbende afgift til IT-firmaet, havde gymnasiets rektor indvilget i alligevel at betale firmaet, hvilket gymnasiet ikke havde råd til. Resultatet var, at gymnasiet nu havde en mast, men ingen internetforbindelse. Bøje blev rasende, først på IT-firmaet, der havde narret gymnasiet til en ny kontrakt, så på gymnasiets rektor, fordi han havde skrevet den nye kontrakt under og endelig på sig selv, fordi han havde troet, at aftalerne havde været lige så fejlsikret som låsesystemet i Fort Knox.

Markedspladsen lignede sig selv godt nok, bortset fra, at den nu var pyntet gevaldigt med ukrudt. Jeg fortæller Anders at det ligner sig selv, og at jeg glemte at tage billeder, sagde Bøje.

Firmaernes tilbud på deres projekter forelå fem dage senere, så de kunne have dem med til det næste møde i landsbyen. Denne gang var præstens stue fyldt til bristepunktet. De fleste af medlemmerne af byens ældsteråd og udviklingsråd var til stede, og endda lederen af kvindernes have havde fået lov at være med.

Kim og Bøje præsenterede, suppleret af Alexander Kama, et konkret vandforsyningsprojekt for kvindernes have og et sundhedscenterprojekt for deltagerne. De understregede gentagne gange, at projekterne endnu ikke var finansieret, men at det var det, de ville arbejde for, hvis det passede med landsbyens prioritering. Herefter afventede de landsbyens reaktion. Der blev en tøvende tavshed med mumlen og skramlen med stole indtil Father Job tog ordet og roste forslagene med velvalgte ord. Derefter var der igen tavshed, og Bøje og Kim kiggede forvirrede rundt i deltagerkredsen og så spørgende på Father Job.

Så tog en ældre rund mand i hvid skjorte ordet. Under præsentationsrunden havde hverken Kim eller Bøje lagt specielt mærke til ham, bortset fra at han havde et uudgrundeligt ansigtsudtryk og ikke smilede imødekommende som de andre fra landsbyen. Det var høvdingen, alkaloen. Med lav, næsten uhørlig stemme fortalte han, at regeringen var i fuld gang med haveprojektet. Kim og Bøje troede de havde misforstået høvdingen og spurgte meget præcist ind til, hvad regeringen havde sat i gang. Det var jo kun fem dage siden de havde set, at haverne lå hen som en ørken. Alkaloen lænede sig bare tilbage i stolen og satte sig med korslagte arme henover sin imponerende mave. De andre deltagere var tilsyneladende lige så overraskede som Kim og Bøje. Father Job gentog, hvad alkaloen havde sagt, mens han kiggede spørgende på ham. Alkaloen nikkede svagt.

Are you not happy for what the government is doing for the garden, spurgte Kim og kiggede rundt i deltagerkredsen. Alle nikkede uden at sige noget.

Kim og Bøje kiggede forbløffede på hinanden.

Hvis det her er udtryk for glæde, så vil jeg s´gu nødigt se, hvordan de ser ud, hvis hele landsbyen brændte ned, sagde Kim. Tror du det er rigtigt nok, det med regeringen, det har de jo sagt før.

Lad os tage ud og se efter, svarede Bøje. Hvis det er rigtigt, kan vi jo gå efter vandforsyningen til landsbyen i stedet eller sundhedscentret. Så bliver det jo mere overkommeligt for os.

Father Job var nået til samme konklusion. Han afsluttede mødet og foreslog, at de spadserede ud til kvindernes have for at få syn for sagn. Han var tydeligt utilpas ved, at alkaloen havde holdt sin viden for sig selv og derved gjort ham, hans gæster og de andre landsbyboere til grin.

Mødedeltagerne fra landsbyen var, bortset fra præsten og formanden for landsbyens udviklingsråd, ikke fulgt med ud til kvindernes have, men det var rigtigt, hvad alkaloen havde fortalt. Et større arbejdshold var i fuld gang med at bore efter vand og lægge fundament til et redskabs- og omklædningshus til kvinderne.

Kim og Bøje spurgte sig frem blandt arbejderne og fik efterhånden stykket regeringens projekt sammen til at bestå af pløjning og harvning af hele haven, jordforbedring og etablering af vandforsyning inclusive vandfordeling med rør, så kvinderne fremover kunne slippe for at slæbe vand fra tappesteder til deres haver.

Det er s´gu da vores projekt, sagde Kim. Utroligt.

Men arbejderne kunne ikke fortælle, hvornår der ville blive pløjet og harvet og hvornår der ville blive lagt rør ud. Deres entreprise gjaldt vandforsyningsprojekter i hele Gambia, andre firmaer havde nok de andre opgaver, men det vidste de ikke.

De gik tilbage til præstens hus. Kim og Bøje anbefalede stærkt, at landsbyen fik opklaret, hvornår resten af regeringens projekt ville blive gennemført, der måtte jo findes en plan et sted, som de kunne få indsigt i, så det ikke gik lige som sidst, de havde fået lovning på projektet.

Formanden for udviklingsrådet nikkede og sagde at de ville forsøge, men at det ikke plejede at lykkes. Præsten rystede på hovedet.

Kim og Bøje fulgtes med Alexander Kama tilbage til hotellet. Han opfordrede dem stærkt til at gå videre med vandforsyningsprojektet og sundhedscentret. Han stillede gerne sin arbejdskraft gratis til rådighed, hvis de ønskede det. Etablering af sundhedscentret krævede indgåelse af en MOU, et Memorandum of Understanding med Sundhedsministeriet, hvilket han også kunne hjælpe med.

Bøje var skeptisk. Hvordan sikrede de sig, at Kama ikke bare var ude på at score kassen? Det virkede næsten som om Kama var tankelæser. Han forklarede indgående, at han var blevet tilkaldt af Father Job, og at han selv stammede fra egnen og var katolik. Han foreslog også, at der blev oprettet en NGO til varetagelse af deres projekter, det praktiske med den manøvre kunne han klare på få uger.

Jo længere tid de snakkede, jo mere skeptisk blev Bøje og jo mere positiv blev Kim. Og da Kama sluttede af med at invitere dem på middag på en restaurant, blev Bøje tavs, mens Kim på begges vegne takkede ja.

Han er s´gu for god til at være sand, sagde Bøje på vej op til deres respektive lejligheder.

De havde en hyggelig og munter middag, hvilket senere fik Bøje til at konkludere, at hvis de skulle have med Kama at gøre skulle hans arme og ben bastes og bindes, så han ikke kunne trylle penge væk og stikke af.

Du er bare sur og skuffet over det med gymnasiet, sagde Kim, mens Kama var på toilettet.

Sandt nok, svarede Bøje. Det er fanden gale mig også for galt og for dumt. Vi havde gjort det hele rigtigt, og så bøjer torsken sig bare for en trussel fra firmaet, og uden at fortælle os noget. Vi kunne være gået til domstolene.

De blev enige om, at de skulle arbejde videre med en aftale med Sundhedsministeriet og etablering af en NGO. Kim og Bøje ville lave udkast, som Kama kunne korrigere, og så ville de gå i gang med en ny ansøgningsrunde for vandforsyningsprojektet og sundhedscenterprojektet, når de kom hjem. Situationen var jo egentlig bedre nu, hvor de med rette kunne påstå, at produktionen i kvindernes have kunne tredobles på grund af den bedre vandforsyning. Landsbyen kunne begynde at tjene penge, og der kunne endda blive brug for markedspladsen.

Tilbage på hotellet blev Kim hen på eftermiddagen opsøgt af en af vagterne, Musa Camara. Han indledte med at gøre opmærksom på den lille buket småblomster, han havde sat på det lille bord uden for hans lejlighed hver morgen. Kim takkede, og Musa fortsatte hurtigt med at hive nogle papirer frem fra baglommen. Det var hans datters karakterbog fra gymnasiet, og den stolte far fremlagde papiret med en alvor, som var det spritnye kapitler til Koranen, han med livet som indsats havde reddet. Kim gav ham et par store sedler, og han bakkede bukkende ud af hans lejlighed igen.

På vej ned til stranden blev Kim standset af endnu en vagt. Efter nogle høflighedsfraser pegede han på Kims sandaler og sagde, at sådan nogle kunne han godt tænke sig. Kim sagde han ikke kunne undvære dem og fortsatte ned på stranden. Han og Bøje fik sig en evalueringsbajer i strandbaren, hvorefter han tog sin næsten daglige vandretur i vandkanten. Han var spændt på, om Ebola-krisen havde slået igennem langs hele stranden, eller det var værre på hotellet, hvor kun 10% af lejlighederne var belagt, selvom det var højsæson. Det var tydeligt, at der var langt færre gæster end normalt, selvom der ikke var konstateret ebolaudbrud i Gambia, Europas medier tog for en sikkerheds skyld alle lande i Vestafrika med, når de fortalte om epidemien.

Og det var tydeligt, at strandsælgere og deciderede tiggere måtte kæmpe hårdere for gæsternes opmærksomhed. Kim følte sig lidt som en fisk, der var kommet for tæt på stranden og nu blev angrebet af en flok rovfugle og besluttede at vende om efter 4-500 meter.

På vej tilbage blev Kim passet op af to meget tynde drenge eller unge mænd i laset tøj. Han lirede sin lektie af om at være fra Danmark og ikke at have penge på sig og undlod at standse. Men de to unge mænd fulgte med, alt imens de snakkede og snakkede. Kim bemærkede, at de talte bedre engelsk end de fleste på stranden, og de argumenterede også bedre. Han standsede op og spurgte til, hvor de havde lært at tale engelsk så godt. De forklarede, at de begge havde gået på gymnasiet i Kunkujang. Kim var skeptisk, men efter nogle kontrolspørgsmål måtte han give sig. De unge mænd havde efter studentereksamen ikke kunnet få arbejde, og de kunne ikke skaffe penge til at gå på universitetet. Ikke nok med, at de ikke kunne hjælpe familien, de var faktisk en byrde for familien. Derfor strejfede de om for at tjene en skilling her og der, og i højsæsonen var de bedste muligheder, hvor turisterne var. Men ikke i år. Håbløshed lyste ud af deres øjne, svagt endda.

På vej tilbage til hotellet lyttede han til hvad hans indre jukebox spillede. Efter nogle sekunder var han med. Det var *A Tiger is a Tiger not a Lamb, Mein Herr* fra Cabaret. Det var aldrig lykkedes ham at finde en sammenhæng mellem det han oplevede og det jukeboxen spillede. Hvis han skulle bestemme, ville det i situationen nok nærmere være Mozarts *Requiem*, men det var altså ikke noget han skulle blande sig i, kunne han forstå. Men Cabaret?????

Inden de tog tilbage til Danmark, fik de via Alexander Kama aftalt møde med en direktør i Sundhedsministeriet. De havde i fællesskab lavet et udkast til aftale med ministeriet. De skulle stille hus og faciliteter til rådighed for en sundhedsklinik i Kunkujang, og ministeriet skulle betale løn til personalet. Det viste sig, at ministeriet havde mindst ti kontorer med hver sin direktør, en overordnet sundhedsdirektør, der igen havde en departementschef og en minister over sig. Derfor kom det ikke bag på den lille delegation fra Danmark og Kunkujang, at de måtte vente 1½ time på at mødet kunne starte. Til gengæld var direktøren, Mamoudi, helt uforberedt og måtte starte mødet med at læse udkastet igennem. Han havde ingen bemærkninger til udkastet bortset fra, at donorerne også skulle forpligte sig til at arbejde for at sundhedsklinikken blev udstyret med en ambulance. Mamoudi konkluderede, at de havde en aftale, som han ville få renskrevet og underskrevet af departementschefen inden for to uger.

På vej hjem i flyet gjorde Kim og Bøje status. De havde nu et betydeligt bedre grundlag for deres ansøgninger til fonde. Dels var vandforsyningen i kvindernes have ved at være på plads, dels havde de en aftale med ministeriet om sundhedsklinikken og endelig havde de tilbud på klargøring af sundhedsklinikken.

Hvis det ikke giver pote nu, tror jeg ikke det lykkes, sagde Kim. Bøje nikkede. Det skal s'gu lykkes, selvfølgelig lykkes det.

Kapitel 11

Jeg har savnet dig, sagde Else, da Kim var tilbage i de vante rammer. Der er så stille når, du ikke er her. En dag tændte jeg for fjernsynet for at se sport! Så kan jeg næsten ikke komme længere ud. Hun smilede ved tanken.

Nej, jeg har s´gu også snart fået nok af Gambia, sagde Kim. Det var godt vi kunne skype, men det ville nu være rart, hvis de kunne holde liv i deres WiFi i mere end 5 minutter ad gangen.

Nåede I det, I ville? fortsatte Else.

Både og. Vi nåede det, der var muligt, men jeg tror ikke det er nok. Nu giver vi det en sidste chance, så orker jeg ikke mere.

De følgende måneder gik med at sende ansøgninger til fonde, rykke for aftalen med sundhedsministeriet, takke for afslag fra fonde, familielivet og færdiggørelse af krimi. En del af de fonde, der medfinansierede u-landsprojekter, angav hvilke lande, de var interesseret i. Det var normalt østafrikanske lande som Kenya og Tanzania, og Kim havde på det tidspunkt ikke stødt på kriterier, der gav muligheder for vestafrikanske lande som Gambia. Det var op ad bakke – med stigning uden for kategori.

Da det sidste afslag indløb meddelte Kim Bøje, at hans tålmodighed var slidt i laser, hvilket var et mærkeligt udtryk, eftersom han havde tålmodighed som en fløjtekedel. Bøje ville helst ikke drage en endelig konklusion nu, men var tæt på.

Kim var bagefter med at bruge sin folkepension på u-landsprojekter. Noget måtte der gøres. Han besluttede at tilbyde skolen, han tidligere havde støttet med møbler, at han ville bidrage til renovering af toiletterne. Egentlig var det et dårligt projekt, vedligeholdelse er statens opgave, ikke donorers. Han konstruerede projektet på den måde, at staten skulle renovere halvdelen af toiletterne som forudsætning for at han ville renovere den anden halvdel. Konstruktionen førte til, at projektet gik totalt i stå, staten ville ikke betale for sin del. Han stod fast på princippet og satte en pæn lang tidsfrist på. 1½ dag før fristen udløb opfyldte staten betingelsen, og han satte projektet i gang efter samme model som første gang. To måneder senere kunne hans stolte taxachauffør, Buba, sende billeder af det færdige projekt. I samme uge sendte headmaster for skolen forslag til et nyt projekt, som Kim afviste at deltage i. Bundløse huller var ikke hans kop te.

Det er en kold tid som vi lever i, havde hans jukebox underholdt med et par timer den dag. Han fløjtede lidt med og sang noget af teksten. Som det plejede at være, kunne han huske noget fra et vers og noget andet fra et andet vers, og han sang også noget han selv fandt på:

Men vi har da lange Lone og hun spiller violin
Det har været sådan længe
Gud ved om hun nogensinde, nogensinde, nogensinde holder op
Det er en kold tid som vi lever i, alle går rundt og fryser
Men vi har det da nogenlunde her

Her på Østre Gaaaasværk

Somme tider forsøgte han at overdøve det, jukeboxen spillede,
ved at synge eller fløjte en anden melodi, for eksempel Mozarts
Symfoni nr. 40, men så kunne boxen finde på at trumfe med
Rachmaninovs 3. klaverkoncert. Det var lidt som at lægge arm
med sig selv, en vanskelig øvelse. Det eneste, der helt sikkert
udkonkurrerede jukeboxen, var når han lyttede til musik uanset
om det var fra radioen, fra hans mange CD-er eller det var til en
koncert.

Nogle gange fik jukeboxens valg af musik ham til at spekulere
på, om den havde humoristisk sans, men det var sjældent.
Normalt kunne han ikke se nogen som helst sammenhæng
mellem musikken, hans sindstilstand eller hans tanker. Måske
var jukeboxens valg af musik styret af en mekanisme ligesom
den man bruger, når man udtrækker lottotal, lottotallene var
bare skiftet ud med al den musik han havde hørt i sit liv og som
havde gjort indtryk på ham. Det eneste fællestræk han kunne få
øre på var, at musikken var melodiøs. Den kunne være i dur
eller mol, den kunne være fra 1600-tallet eller spritny, den
kunne være til at danse eller synge eller fløjte eller meditere til.
Han undrede sig somme tider over om han egentlig var
musikalsk. Han kunne synge og fløjte til husbehov, men ikke
spille et instrument. Det vildeste han var nået til, var at spille
Kringsatt av fiender med becifring og komponere en lille
melodi. Han største ønske på det område havde i mange år
været at lære at spille mundharmonika, så han kunne trutte med
på julesangene juleaften, men hans kursus blev en fiasko.
Måske ville han det ikke nok, men hvis det at spille et

instrument og komponere ville gå udover hans hjernes jukebox, ville han afgjort takke nej.

Kim var både tilfreds og utilfreds med de småprojekter han var lykkedes med, det var ikke det, han havde håbet på, men det var vel bedre end ingenting og mikro meget bedre end at lade pengene stå og blomstre på en bankkonto eller finansiere et par aktier. Han overvejede igen at finde gode projekter hos Børnefonden. Hans u-landshjælp skulle komme Afrika til gode, og ikke som regeringens, der nu blev brugt til at støtte landbruget.

Der er ingen problemer der er så store, at de ikke løser sig selv i det lange løb, havde hans direktør sagt engang. Dengang havde han opfattet det som udtryk for direktørens risikoaversion, men han havde af og til oplevet, at det passede på virkeligheden. Og virkeligheden viste sig pludselig at være, at han ved en god vens runde fødselsdag fik en svensk kvinde til bords. Hun var meget snakkende, især om u-landsprojekter hun var involveret i. Hendes loge samlede penge ind til donation af små vandrensningsapparater til landsbyer i Afrika. Inden festen var slut, havde hun lovet at foreslå sin loge, at den bevilgede 36 apparater til Kunkujang, mod at han stod for transporten af udstyret. Tre uger senere modtog han acceptskrivelse fra logen, og efter yderligere tre måneder var apparaterne leveret og installeret i Kunkujang.

Apparaterne bestod af et kuffertlignende kabinet, der kunne rumme 10 liter vand. Urent vand blev hældt på, hvorefter kufferten blev placeret i sol i 2-3 timer. Uden brug af strøm blev vandet på den måde til sikkert vand, der kunne drikkes og bruges til madlavning. Kort tid senere fik Kunkujang tilbudt yderligere 72 enheder, så hver husholdning i landsbyen kunne få et apparat.

Kim var meget tilfreds med det fælles projekt. Transportudgiften var alt for høj, men projektet var da et bud på sundhedsfremme i landsbyen. Det bedste ville selvfølgelig være et vandforsyningssystem til alle husholdninger, men rensningsapparaterne var da et fremskridt.

Vandprojektet tændte en anden idé hos ham. I Gambias sundhedsplan havde han læst, at smitsomme sygdomme var et stort problem for landet. Fra sin tid i sundhedsvæsenet i Danmark vidste han, at sundhedsfremme og sundhedsinformation var noget af det mest effektive en sundhedsmyndighed kunne investere i, hvilket også fremgik af Gambias sundhedsplan. Problemet for Gambia var bare, at de akutte sundhedsopgaver stod i kø langt, langt foran sundhedsfremme, bortset fra vaccinationsprogrammer, der blev finansieret af internationale organisationer.

Han begyndte på nettet. Det viste sig, at der var et overvældende antal videoer med vægt på sundhedsfremme og sundhedsoplysning, lige til at hente ned uden betaling. Det var bare de færreste i Gambia, der havde en PC og adgang til nettet, og for landbefolkningen, der kunne have mest gavn af sundhedsfremme, var det ikke de færreste, men ingen der havde den mulighed.

Kim var overrasket over mængden og kvaliteten af videoer på nettet der kunne anvendes. Han begyndte at downloade videoer til PowerPoint, hvilket mærkeligt nok var enkelt. På den måde kunne han dække emner som tuberkulose, lungebetændelse, malaria, diarré, forkølelse og HIV/Aids med oplysning om, hvad det var og hvordan man kunne beskytte sig og sine. Ideen var, at samlingen af videoer skulle downloades på en USB-stick, som så kunne læses ind i en hvilken som helst PC eller laptop i Gambias sundhedscentre og skoler. Efter råd fra sin søn henvendte han sig til en skole for autister for at få videosamlingen sat op i professionelt regi, som case study.

Men inden han kom så langt, blev han gjort opmærksom på en video om sikre fødsler, som en dansk organisation havde udviklet i samarbejde med to danske universiteter. Den var fantastisk, havde en tidligere kollega, en chefjordemoder sagt. Det gav ham to ideer. Den ene bestod i at indlægge videoen i sundhedsfremmepakken, den anden bestod i at foreslå, at Sundhedsministeriet i Gambia skulle bruge den i uddannelsen og efteruddannelsen af jordemødre og fødselsassistenter.

Det første var enkelt, det andet skulle vise sig at sende ham på en lærerig rundrejse i det gambiske sundhedsministerium.

Når Kim kom hjem fra Gambia, fik han altid fornemmelsen af, at Danmarks problemer var små, sommetider latterligt små. Der blev udkæmpet politiske kampe om indholdet af madpakkerne i børnehaver, om præster skulle give hånd til kvindelige præster, om tilflyttere skulle give hånd til en borgmester for at blive danske statsborgere, om ansatte måtte gå i korte bukser på arbejde, når det var meget varmt. Medierne fungerede nærmest som en computer. Hvis der var mulighed for to meninger om et emne, blev de konfronteret med hinanden, så var den artikel skrevet eller det radio- eller TV-indslag i boksen. Hvis der ikke var denne mulighed for konfrontation, var emnet ikke interessant, med mindre det kunne laves som underholdning som for eksempel slankekure og bagekonkurrencer. Det betød at langt det meste af det, der fungerede godt, gik under mediernes radar. Og det gik jo faktisk sindssygt godt. Mange lande så hen til Danmark som det mest velfungerende samfund i verden, ja måske det mest velfungerende samfund der havde eksisteret i den vestlige verden nogensinde.

Indimellem fik han den fornemmelse, at regeringen, hvis den fik magten til det, ville afmontere velfærdssamfundet eller minimere det. Han kunne sagtens se for sig, at et dedikeret og slidt eksemplar af en tidligere statsministers bog om en minimalstat lå i skrivebordsskuffen hos den nuværende statsminister. Hans fantasi havde heller ikke problemer med at forestille sig, at statsministeren havde fået lavet miniaturer af Banksys plakat Pige med kærlighedsballon efter den var blevet halvvejs destrueret, som et indforstået symbol for den liberale inderkreds i hans parti. Når regeringen blev tvunget til et uliberalt initiativ for at bevare statsministerposten, kunne de trøste hinanden ved at sige Banksy. Men det fungerede endnu bedre, når liberale mærkesager som nedskæring af Danmarks Radios budget, nedskæring af sociale ydelser, reduktion af bilafgifter, lukning af biblioteker, nedskæring af kulturbudgetter, og reduktion af u-landsbistand lykkedes.

Selvom regeringen egentlig var svag, arbejdede den målrettet med små mulige skridt i retning af et liberalt samfund med større ulighed, større magt til markedskræfterne, afregulering af finanssektoren og støtte til erhvervslivet og landbruget, akkurat det modsatte af mål, han som 68-er satte højst. Når han tænkte i de baner, fik han en knugende fornemmelse i maven af, at der var ved at gå Banksy i det danske samfund.

Men selv i den tilstand spillede hans indre jukebox videre, lige nu *I could have Danced all Night*!?

Som økonom var Kim selvfølgelig helt opmærksom på balancen mellem markedsstyring og politisk styring. Han havde i mange år ment, at socialisternes ønske om politisk styring fra vugge til krukke var en misforståelse ligesom ønsket om økonomisk demokrati. Danmark havde en pivåben økonomi, hvilket satte grænser for, hvor statsstyret det økonomiske liv kunne være, hvis Danmarks velstand skulle fastholdes og helst øges lidt. Men det vellykkede Danmark er altså en brugsforening, som forfatteren Palle Lauring rammende sagde. Liberalister i handelshøjskolevenstre og især i Liberal Alliance vil afvikle brugsforeningen, fordi det angiveligt vil føre til større økonomisk vækst, mens det oprindelige højskolevenstre vil udvikle brugsforeningen for at styrke demokratiet, sikre tryghed og arbejde for at der er andet i livet end arbejde.

Jukeboxen havde skiftet til *Pomp and Circumstance*, bemærkede han.

For at lodde interessen for appen om sikre fødsler, Safe Delivery, mailede Kim til en direktør i det gambiske sundhedsministerium, han havde truffet i forbindelse med indgåelse af aftale om sundhedscentret i Kunkujang, Aftalen havde efter Kims mening haft en lang graviditet og en svær fødsel, men direktøren personligt havde forekommet fremkommelig. Kim var alligevel bogstaveligt talt ved at falde ned af kontorstolen, da han efter to uger fik et meget positivt svar fra direktøren. Gambias sundhedsvæsen var meget interesseret i appen og ville gerne gøre den til grundlaget for uddannelse og efteruddannelse af jordemødre og fødselsassistenter. Og første skridt skulle være at indgå en aftale mellem ministeriet og Kims organisation, Seniorer uden Grænser, et Memorandum of Understanding, et forslag der gav dårlige mindelser for Kim. I første omgang blev det nu en skuffelse, der ikke gik i opfyldelse. Efter kun fire ugers ping-pong over nettet om formuleringen, meddelte direktøren, at han havde sendt aftalen videre til underskrift hos departementschefen og ministeren. Projektet var konstrueret på den måde, at en jordemoder og en fødselslæge fra Danmark skulle undervise et hold gambiske læger og jordemødre på et to-ugers kursus i Safe Delivery, hvorefter gambianerne skulle overtage undervisningen af jordemødre, sygeplejersker og fødselsassistenter i hele Gambia. Teach-the-Teachers princippet.

Kim var på det rene med, at projektet ville tømme hans konto til u-landshjælp, men den meget høje mødre- og spædbarnsdødelighed i forbindelse med fødsler i Gambia var overbevisende for ham. Det kunne ikke være rigtigt, at fødsler skulle være unødvendigt livsfarligt for mor og barn, uanset hvor det foregik i verden. Og det var det bedste projekt han endnu havde set i de 7-8 år han havde arbejdet med det.

Jukeboxen underholdt længe med *Yesterday*.

Kim gik i gang med at detailprojektere, så han var klar i samme øjeblik aftalen med Sundhedsministeriet var underskrevet. Han kontaktede organisationen, der havde udarbejdet Safe Delivery appen, han begyndte at finde kandidater til at tage til Gambia og undervise, han fandt demodukker til undervisningen, han udarbejdede detaljeret undervisningsplan og en detaljeret drejebog for gennemførelsen. Overalt fik han den hjælp, han havde brug for.

Da han, efter tre måneder, for længst var færdig med sine forberedelser og endnu ikke have modtaget den underskrevne aftale, rykkede han meget høfligt og forsigtigt for svar.

Det samme gentog sig efter yderligere tre måneder. Og efter yderligere tre måneder.

Ventetiden brugte Kim til at arbejde med sundhedsfremme-appen, som den var kommet til at hedde. Den voksede til en moppedreng på over tre GigaBytes og viste sig at være bedst egnet til gymnasier og sundhedsklinikker. Derfor lavede han også en version, der måske kunne bruges i deres folkeskole; den blev i højere grad udformet som en videobog, hvor en rar onkel fortæller og viser små film. Han var meget tilfreds med de to apps, men havde ingen anelse om, hvordan de skulle introduceres i Gambia.

Endelig efter 15 måneder modtog Kim den underskrevne aftale om Safe Delivery, uden forklaring på den lange ventetid. Kim havde for sig selv forsøgt sig med den forklaring, at Gambia havde haft valg, hvorved deres diktator gennem 22 år var blevet væltet. Landet havde været tæt på et statskup, men var med hjælp fra nabolande sluppet igennem krisen uden store mén. Måske havde valget ført til reorganisering i statsapparatet, det ville det nok de fleste steder.

Kim skyndte sig at sende det projektmateriale han havde udarbejdet sammen med et forslag om, at han skulle tage tre uger til Gambia for at de sammen kunne færdiggøre projektet, så det kunne gennemføres et halvt år senere. Han vedlagde også forslag til mødeplan under sit ophold. Godkendelsen af forslaget kom i løbet af tre uger, og han bestilte flybilletter og hotel.

Måske var han omsider på vej med et projekt, der gjorde en forskel.

Kapitel 12

Det var synd at sige, at hans beslutning om endnu en tur til Gambia vakte Elses begejstring. Hans rejse skulle finde sted i slutningen af vinteren og inden hendes rosæson begyndte. I sæsonen roede hun 1500 til 2000 km og stortrivedes i roklubben. Hun havde frivilligjobs i krisecenter og lektiecafé, gik til gymnastik og andre aktiviteter i roklubben, fulgte forelæsninger på Folkeuniversitetet, var medlem af en læseklub og fungerede sammen med Kim som bagstopper for deres børnebørn. Alligevel syntes hun tre uger var længe at skulle være alene i deres store hus, selvom hun kunne skype dagligt med Kim.

Da Kim blev hentet i lufthavnen af sin sædvanlige chauffør, Buba, fik han et mindre chok. Buba, der for to år siden virkede så sund og rask og yngre end sin fysiske alder, var blevet så tynd, at tøjet hang på ham og hans øjne var matte. Buba besvarede med lav stemme hans uudtalte spørgsmål. Han havde tabt sig, fordi han fik for lidt at spise. Ebolakrisen havde været hård ved hans familie, som ved de fleste familier. Nogle dage havde han været nødt til at spise papirstumper for at maven kunne have noget at arbejde med, men nu gik det bedre.

I modsætning til hvad de plejede, talte de ikke sammen på vej til hotellet.

På hotellet blev han modtaget med åbne arme, det var ved at være sidst på sæsonen og det var normalt check-ud gæster, der beskæftigede receptionen. På den lejlighedsgang hvor han kom til at bo, var der kun en gæst mere. Det var en tysker, som tydeligvis var flasket op med engelske og amerikanske film med tysk tale. Kim så straks for sig John Wayne trække sin seksløber og med et skævt smil dræve: Braucht du was Artillerie, Harry? Tyskeren var væk fra lejligheden hele dagen, fordi han skulle hjælpe sin bror med at bygge et hus færdigt, så vidt Kim forstod. Broderen havde en gambisk Frau, som skulle have et passende sted at bo, også når broderen skulle passe sit arbejde i Tyskland. På Kims spørgsmål om de havde børn, svarede hans nabo, at broderen havde børn med sin kone i Tyskland, men ikke i Gambia. Her var nok forklaringen på, at der var flere kvinder end mænd med gambiske kærester på stranden.

Kim havde aftalt møde med ministeriet allerede den følgende dag, hvilket viste sig at være en stor overraskelse for alle fra kontorassistent til direktør til departementschef. Han blev parkeret i en sofa på gangen foran den række af direktørkontorer han kendte så godt fra første gang de skulle lave et memorandum. Efter en times tid blev han pludselig hentet af en ung mand, der præsenterede sig som Bofaday Jawara. Han så tydeligt nervøs ud, da han forklarede, at det aftalte møde var blevet aflyst, men at de i stedet skulle indfinde sig i departementschefens afdeling. I forkontoret blev Kims taske og han selv visiteret af en vagt, som kiggede mistænksomt på ham, hvorefter han fik lov at gå ind i departementschefens kontor, med Jawara bag sig. Rundt om et lavt bord sad i bløde stole departementschefen, sundhedsdirektøren og Jawaras chef, viste det sig efterhånden som de højtideligt præsenterede sig. Embedsmændene jokede lidt med, hvordan Kim efterhånden var verdensberømt i hele ministeriet. Lidt senere kom ministeren ind ad kontorets anden dør, hilste venligt på ham og bød ham velkommen. Efter at have sat sig, nikkede hun til departementschefen og opfordrede med en håndbevægelse til at han tog ordet. Departementschefen bød ham nok engang velkommen og roste projektet, som de så frem til at realisere. Derefter pointerede ministeren, at fødselsområdet havde hendes særlige bevågenhed, og at hun så projektet som et stort bidrag til forbedring. Med fuld opmærksomhed over for ministeren sagde sundhedsdirektørens derefter noget generelt om, hvorfor projektet var så interessant for Gambia. Hovedbudskabet var, at det passede perfekt ind i deres nye sundhedsplan, som han var tydeligt stolt af.

Kim havde forberedt sig til et møde med Jawaras chef, der indtil nu ikke havde sagt et ord. Forberedelsen måtte så i stedet udkrystalliseres over for ministeren og alle de øverste embedsmænd. Super. Han lagde for med at sige, at kommunikationen mellem ministeriet og ham nødvendigvis skulle strammes op. Han krævede – i høflige vendinger – at ministeriet fremover besvarede hans mails inde for 48 timer, så han i det mindste kunne se, om de var nået frem til rette vedkommende. Han ville naturligvis selv leve op til det samme krav, som han i øvrigt altid havde gjort.

Alle mødedeltagerne nikkede ivrigt og departementschefen svarede: Of course.

Dernæst forlangte Kim – igen i høflige vendinger – at der, som de havde aftalt pr. mail, skulle foreligge en godkendt detailplan for projektet, når han efter tre uger forlod Gambia. Uden en sådan plan med godkendte datoer for afviklingen af kurset i Gambia, kunne han ikke komme videre med indgåelse af kontrakt med undervisere, planlægning af rejser og bestilling af udstyr. Hvis den godkendte plan ikke forelå på det tidspunkt, ville projektet bortfalde.

Bordet rundt blev der igen nikket, og departementschefen sagde, mens han sigende lod blikket flytte sig mellem deltagerne: Of course, it can be no other way, and we will deliver. Can I see the memorandum? tilføjede han og rakte hånden ud et sted mellem sundhedsdirektøren og Jawaras chef. Sundhedsdirektøren vendte sig utilpas om mod Jawara og hans chef, der begge sank lidt sammen og slog blikket ned.

Kim fandt sit eksemplar og rakte det med et lille smil til departementschefen. Efter at have skimmet dokumentet rakte han det til sundhedsdirektøren. We better take a copy.

Sundhedsdirektøren rakte det videre til Kawaras chef, der gav det til Kawara på en måde som om der var ild i det. Kawara skyndte sig ud i forkontoret og skyndte sig tilbage.

We have organized a good team for the project, havn't we? spurgte departementschefen med hævede øjenbryn.

Yes, svarede sundhedsdirektøren, and the project leader on our part will be Bafoday Jawara. Efter en lille pause tilføjede han: He'll make sure, that everything will be done as planned. Jawara så nervøs ud, men nikkede ivrigt.

Derefter sluttede mødet med at ministeren takkede Kim for projektet og ønskede alt godt for gennemførelsen.

Kim takkede høfligt for mødet og på vej ud af kontoret stak Jawara Kims eksemplar af aftalen i hånden på ham.

Ude på gangen bekræftede Kim og Jawara deres aftale om at holde det første projektgruppemøde en time senere i Jawaras afdeling, der lå et stykke uden for hovedstaden.

Jawara viste ikke uden stolthed sin afdeling frem. Den bestod af et stort mørkt mødelokale og 4-5 kontorer. Jawaras eget kontor var udstyret med PC og køleskab og der lå tilsyneladende velordnede dynger af papir på de to skriveborde.

Jawara virkede mere afslappet nu og bad ham sætte sig ved det ene skrivebord med en flaske vand, mens han fik samlet projektgruppen. Mødetidspunktet var da allerede overskredet med næsten en time.

En halv times tid senere mente Jawara, at de skulle begynde mødet. Der var nu mødt i alt fire medlemmer af projektgruppen. Jawara bød velkommen og var derefter tydeligt usikker på, hvordan de kom videre. Kim foreslog, at de brugte den dagsorden han havde sendt til Jawaras direktør fire uger tidligere. Jawara vidste tydeligvis ikke hvad han talte om og bad om Kims eksemplar, så han kunne lave kopier til deltagerne. Mens de ventede, tog de en præsentationsrunde. Kim skønnede, at deltagerne alle var mellemledere, en slags vicekontorchefer, hvilket tegnede godt. Det var nok folk der vidste noget om virkelighedens verden inden for deres felt.

Da alle deltagere var udstyret med en dagsorden, gennemgik Kim projektet og henviste til projektbeskrivelsen, aftalen med ministeriet, forslaget til undervisningsplan og forslaget til dagsorden for kommende møder, alt sammen fremsendt til Jawaras direktør fire uger tidligere.

Jawara rystede på hovedet og bad Kim maile notaterne til ham personligt. Derefter aftalte de at næste møde skulle være to dage senere, og Kim understregede, hvilke opgaver projektgruppen havde frem til mødet.

Kim havde besluttet at holde tæt kontakt til Alexander Kama, selvom Safe Delivery projektet ikke havde noget med Kunkujang at gøre og selvom projektet lå milevidt fra Alexanders ekspertområder. Det skulle snart vise sig at være en rigtig god beslutning. Han havde i god tid sendt ham alt de notater han senere sendte til ministeriet. Alexander havde været meget positiv over for projektet og over for det udarbejdede materiale; når de skypede sammen følte Kim, at Alexander var en fagkollega af fineste karat. Det viste sig desuden senere, at han havde konsulteret moderen til hans børn, Elizabeth, der var speciallæge i gynækologi og obstetrik og som var meget begejstret for projektet.

Alexander havde altid over for Kim været tilbageholdende med oplysninger om sit privatliv, dvs. hans familieforhold, bortset fra at han var den ældste af en børneflok på 11. Da de mødtes på Kims hotel om eftermiddagen efter det første møde i projektgruppen inviterede han pludselig Kim på besøg i sin lejlighed inden tilbagerejsen. Kim skulle møde hans to sønner John og Junior, men ikke moderen, der boede hos sin familie.

Grunden til at de ikke var blevet gift og boede sammen var, at Alexander havde sagt nej til et traditionelt stort familiebryllup, der ville gøre dem fattige i mange år frem. To dygtige, energiske og viljestærke mennesker, havde Kim tænkt. Hundrede unge med deres format og placeret strategisk rigtigt, ville virkelig gøre en forskel for lille Gambia.

På vej hjem i taxaen underholdt hans hjerne ham med *Memory*, og han fløjtede lidt med.

Det andet møde i projektgruppen begyndte også med en præsentationsrunde, hvilket var på sin plads, eftersom gruppen nu bestod af 11 repræsentanter for hvert sit kontor. Fælles for dem var, at de ikke havde sat sig ind i Kims forslag til projektplan. Derfor brugte de nu et par timer på en detaljeret gennemgang af forslaget, særligt med henblik på sproglige justeringer, skulle det vise sig. Kim var ved at blive desperat. Efter en uge i Gambia, havde planlægningen ikke flyttet sig en tomme. Det gambianerne skulle levere, udgiftsoverslaget, var de ikke begyndt på endnu. Mødet sluttede med at Jawara lovede at sende ham udgiftsoverslag inden for 48 timer.

Jawara holdt hvad han lovede, og Kim brugte aftenen til at analysere udgiftsoverslaget. Bortset fra nogle regnefejl, var overslaget teknisk i orden, og det ville ganske som forventet tømme hans u-landskonto. Det var tydeligt, at alle tænkelige udgifter var medtaget i overslaget, også udgifter til løn som alligevel skulle afholdes og lejeudgifter, der skulle tilfalde ministeriet selv. Sent på aftenen mailede han til Jawara, at de i fællesskab på morgendagens møde skulle foretage en kritisk gennemgang af overslaget med henblik på en reduktion.

Tidligt næste morgen mailede Jawara, at ifølge ministeriets principper kunne overslaget ikke reduceres. Kim svarede, at ifølge donors principper skulle ministeriet betale en beskeden del af udgifterne som tegn på ejerskab og som signal om den værdi, man tillagde projektet.

På vej til tredje møde i projektgruppen spillede hans indre jukebox *One too many Mornings*. For en gangs skyld et forståeligt valg, tænkte Kim.

På mødet gennemgik gruppen post for post udgiftsoverslaget og rettede deciderede fejl. Da Kim efterlyste muligheder for at reducere overslaget, rystede alle bare på hovedet. Det ville deres respektive direktører aldrig gå med til. Da Kim kvitterede med at hans bestyrelse aldrig ville gå med til at modtagerne ikke ville bidrage til projektet overhovedet, kiggede alle overrasket på ham. Vi betaler aldrig til donorprojekter, forklarede Jawara.

Kim skubbede sin stol lidt tilbage og meddelte, at de havde et problem. Overslaget skulle reduceres, og eftersom gruppen ikke så sig i stand til at komme med et forslag, ville han komme med et til næste møde, som først kunne blive fem dage senere på grund af weekend og helligdage. Han gjorde det klart, at hvis de ikke kunne enes om et overslag, ville projektet bortfalde. Han fornemmede, at ingen troede han mente det alvorligt.

Kim havde forholdsvis let ved at justere overslaget, så sundhedsministeriet kom til at bidrage med 5% af udgifterne, uden at de skulle have rede penge op af lommen. Han sendte det til Jawara og samtidig til Alexander. Alexander svarede hurtigt, at hans overslag var et rigtig godt tilbud, som ministeriet burde tage imod med tak. Jawara svarede ikke.

Projektgruppemødet blev kort. Dels var de nu kun halvt så mange som sidst, dels rystede Jawara bare på hovedet efter gennemgangen. Da Kim så konkluderede, at projektet bortfaldt, gik der lidt panik i ham. Han spurgte ud i luften hvad i alverden han skulle gøre. Kim svarede, at han kunne tage forslaget under armen, gennemgå det for departementschefen og få ham og ministeren til at skrive under. De andre gruppedeltagere nikkede ivrigt og påpegede, at forslaget var generøst. Jawara stirrede på ham med tomme øjne. Kim kunne lige så godt have foreslået ham at cykle en tur til månen.

Tilbage på hotellet sendte Kim Jawara en personlig mail. Han understregede, at han troede at han forstod hans vanskelige situation, og at han satte pris på det gode og kompetente samarbejde, de havde. Men han forklarede også, at det var uforståeligt for hans bestyrelse og ham, at ministeriet blankt afviste at medfinansiere, bestyrelsen så det som tegn på lav vurdering af projektets værdi for Gambia. Holdningen forstærkede også det indtryk ministeriet havde givet gennem arbejdet med at indgå aftale om projektet. Han sluttede af med at minde om at fristen for underskrivning var hans afrejsedag med tillæg af to dage på grund af helligdage, som ingen havde husket på, den dag i departementschefens kontor.

Hans sidste to dage i Gambia delte han mellem et kort besøg i Kunkujang hos Father Job og løbeture på stranden, gåture, svømmeture, massage og lidt indkøb. Han havde svært ved at finde noget at købe i de små boder, der lå lidt fra stranden.

Sælgeren i en bod med kvindebluser, en flot lidt fyldig kvinde på måske 35 år, så lidt fortvivlet ud over hans manglende interesse for hendes varer. Da hun var ved at give op, begyndte hun at fortælle om, at hendes mand var død for nylig og at hun var alene med to børn. Så kom hun i tanker om, at hun kunne tilbyde massage på gulvet i den lille bod. Han takkede nej, men kom så i tanker om, at han havde været lidt generet af en blodansamling i det ene lår. Hun lyste op i et stort smil, rullede lynhurtigt en måtte ud på gulvet og trak for, så han ikke blev generet af nysgerrige.

Hun viste sig at være en god til at massere og snakke, men da hendes hånd ligesom tilfældigt nåede langt op under hans shorts og ganske langt fra hans blodansamling, rejste han sig med et smil, takkede og betalte. Hendes gode humør forsvandt som når man vender en hånd.

Besøget i Kunkujang bød på alvorlige skuffelser, men også glæder.

Kvindernes have lignede stadig en ørken, regeringen havde ikke pløjet og harvet og vandforsyningen var ikke sat i drift. De to porte til haverne var ved at falde fra hinanden af rust, så grise og endda en ko kunne spadsere lige ind.

På gymnasiet var taget på bygningen, der husede batterierne til elforsyningen brudt sammen, der var kun fem PC-er i drift til IT-undervisningen og toiletterne lignede næsten toiletterne på den skole Kim og Else havde besøgt, før de blev repareret.

Men Kim kunne ikke genkende markedspladsen. Den ukrudtdækkede ruin, han havde set sidst, var nu blevet til en flot bygning, der kun manglede tagdækning for at være færdig. Og taget på en del af pigernes kollegium, der var blevet ødelagt af en storm, var blevet repareret pænt. Stormen havde også væltet kollegiet vandtårn, og den var ikke erstattet, så pigerne måtte låne sig frem hos de katolske søstre for at få et bad.

Da han den sidste aften gik fra restauranten tilbage til hotellet blev han som vanligt passet op af en ung mand, der ville sælge noget. Denne gang skulle de rundt om, hvor han kom fra, om hans kone var med, om de havde børn. Med oplysningen om at hans kone var i Danmark, var strategien klar. Yes, yes, you married, but wife in Denmark, you need wife in Gambia. Beautiful girl for your wife, let me show you. Kim takkede nej. Ikke fordi lysten manglede, der var rigtig mange decideret flotte unge kvinder rundt omkring på strandområdet, men risikoen for sjove sygdomme var for stor i forhold til det skud dopamin, han ville få ud af det.

Den sidste dag besøgte Kim Alexander og hans sønner på tre og seks år. Hans lejlighed bestod af to små rum og et lille køkken. Der var pænt og rent og uden unødvendig pynt. Børnene blev i dagtimerne passet af en slags husbestyrerinde, der også gjorde rent og lavede mad.

Om aftenen inviterede Kim Alexander og børnenes moder, Elizabeth, på middag. På Alexanders ordvalg kunne han forstå, at Elizabeth kom med slæbende fødder. Og det viste sig tydeligt under forretten. Elizabeth sad det meste af tiden og kiggede på sin mobiltelefon. Når Kim forsøgte at konversere, svarede hun helst med énstavelsesord, og uden antydning af smil. Hun var en flot kvinde med et kønt ansigt og lynende intelligente øjne. Hun var Afrika-buttet, og det der skulle være, sad hvor det skulle. Ikke noget under at Alexander stadig håbede på at de kunne finde sammen igen, senest når det hus han var begyndt at bygge, stod færdigt om lang, lang tid.

Men da Alexander fik et opkald på sin mobil og måtte forlade bordet et øjeblik, kunne Elizabeth pludselig godt snakke og smile lidt. Hans Safe Delivery projekt fik høje karakterer, hvilket fint blev modsvaret af de ekstremt lave karakterer hun gav Sundhedsministeriet. Det eneste tidspunkt naturen fik sin vilje hos Elizabeth, var da Kim ville tage et billede af sine to gæster. De smilede begge strålende. Et øjeblik efter fik Alexander besked om, at han ikke skulle misforstå noget, det var ikke med hendes gode vilje, at hun var kommet.

Her er noget at arbejde med, Alexander, tænkte Kim på vej tilbage til hotellet.

Castle on A Cloud var hjernens bud på musik i taxaen hjem til hotellet.

Hotellets WiFi system var for en gangs skyld i fin form. Han sendte en mail til sundhedsministeren, departementschefen, sundhedsdirektøren og Jawaras chef med kopi til Jawara. Indholdet var kort og præcist at gøre opmærksom på fristen for indgåelse af aftale og konsekvensen af at aftalen ikke blev underskrevet inden for fristen. Han følte sig overbevist om, at projektet blev droppet, og at resten af historien ville blive et spørgsmål om placering af aben. Han var ikke et splitsekund i tvivl om, at aben ville havne hos Jawara efter at have afsat små mærker på skuldrene af hans chef og Sundhedsdirektøren.

Mens Buba kort før midnat kørte op foran receptionen, tjekkede han sin mailbox en sidste gang. Der var ikke svar på den sidste mail han havde sendt til ministeriet.

Svaret nåede ham i lufthavnen i Bruxelles.

Kapitel 13

Kim behøvede kun at konstatere, at mailen fra departementschefen ikke var vedhæftet et bilag, for at indse at Safe Delivery projektet var faldet på gulvet. Mailen viste sig at indeholde en efter danske forhold regulær skideballe til ham. Departementschefen fandt, at Kim med sine krav til ministeriet havde optrådt som om han var chef i ministeriet og på ingen måde påskønnede det eksklusive møde med ministeren og ham selv, som han var blevet til del. Departementschefen gik som en selvfølge ud fra, at projektet fortsatte, når ministeriet havde haft den tid, ministeriet havde brug for til at behandle sagen.

Kim vidste præcist, hvad han ville svare, men kendte sig selv så godt, at han ville vente med formuleringen til han kom hjem og fik sovet lidt. Det eneste opmuntrende i situationen han kunne se var, at hans u-landskonto havde en saldo på 220.000 kr. i stedet for 0 kr.

Else følte med sin mand, da hun fik at vide at projektet var floppet. Hun havde fulgt med på sidelinjen gennem de 18 måneder, han havde arbejdet med det. Indimellem havde hun været forbløffet over hans tålmodighed, som ikke normalt var hans spidskompetence, og i sit stille sind havde hun ment, at han skulle have opgivet projektet langt tidligere, selvom hun syntes godt om det.

Efter en god nats søvn sendte Kim mails til alle involverede for at forklare, hvorfor projektet var mislykkedes. Han kælede lidt ekstra for svaret til departementschefen. Det skulle være høfligt, præcist og konstruktivt.

Han indledte med at vise forståelse for departementschefens udlægning af sagen og at Kims rolle godt kunne ses som utidig indblanding i ministeriets forhold. Derefter kvitterede han for udsagnet om, at Kim havde opført sig som chef i ministeriet ved at påpege, at departementschefen måske omvendt havde opfattet ham som en underordnet i ministeriet. Endelig gengav han hele sagsforløbet og gjorde det krystalklart, at det var ministeriet, der ved ikke at overholde aftalen på ministerniveau havde forhindret projektet. Nærmest som et PS tilføjede han, at ministeriet jo nu var i besiddelse af et gennemarbejdet detailprojekt, der var klar til gennemførelse på den måde ministeriet fandt bedst. Ministeriet havde måske bedre muligheder for at sikre en god gennemførelse, end når en donor var involveret.

Kim følte sig på én gang skuffet og lidt lettet. Skuffet fordi projektet var så godt, at det måske endda kunne blive et eksempelprojekt for andre lande i Vestafrika. Lettet fordi han forventede, at gennemførelse ville være brolagt med problemer, der måske var svære at håndtere uden at han var til stede i Gambia.

Bortset fra at få gjort sundhedsfremme-apperne færdig, tænkte Kim at han godt kunne bruge en lille pause fra Gambia til at læse, tage på ferie med sin kone og skrive den familiefortælling, han havde lavet forarbejdet til gennem et års tid.

Men efter et par uger skypede Alexander. Han ville høfligt gøre opmærksom på, at der var andre også gode muligheder for projekter. Han havde besøgt Kunkujang og talt med formanden for udviklingsrådet, Father Job og tre-fire kvinder. De var meget, meget interesserede i at få vandforsyning i landsbyen og få genåbnet sundhedsklinikken. Begge projekter var efter Alexanders mening rigtig gode og nødvendige projekter. Kim afviste omgående ideen om en sundhedsklinik. Den ville forudsætte Sundhedsministeriets godkendelse, og den ville de selvfølgelig ikke få, han stod formentlig højt på ministeriets liste over personas non grata. Men vandforsyningen, kunne den finansieres inden for hans u-landskonto? spurgte han.

Alexander blev fyr og flamme og lovede hurtigt at få et bindende tilbud fra en entreprenør.

En uge senere tikkede tilbuddet ind på Kims mail, samtidig med, at Alexander skypede. Med et solidt pres fra Alexander, kunne tilbuddet akkurat holdes inden for hans u-landskonto, hvilket fik Alexander til at skamrose projektet og entreprenøren. Kim ville have tid til at analysere tilbuddet, men var umiddelbart positiv. Alexander fortsatte med at forsikre, at landsbyen sluttede fuldt og helt op om projektet og garanterede, at beboerne ville stå for gravearbejdet. Og det var vigtigt, at projektet kunne sættes hurtigt i gang, fordi regntiden nærmede sig. Kim lovede hurtigt svar.

Inden Kim nåede at svare, mailede Alexander, at han gerne ville komme besøg i Danmark. Han skulle være med i finansministerens delegation til en udviklingskonference i Bruxelles og kunne forlænge rejsen med en uge i Danmark.

Kim meldte positivt tilbage på både projektet og Alexanders besøg. Endnu engang så det lovende ud.

Alexander viste sig at have en bundløs interesse for det danske samfund. Han anså det nærmest for at være et idealsamfund for hans eget lille land. Han var meget kritisk over for det væltede styre i Gambia, men også det nye styre havde skuffet. Kim forsøgte på baggrund af Danmarks erfaringer med demokrati og udvikling gennem næsten 170 år at lære ham lidt tålmodighed, men han var temmelig forblændet af, hvor godt alt fungerede og hvor godt Danmark scorede på velstand, velfærd, miljø, lighed, retsstat og korruption. Kim fortalte, at det danske samfund efter hans opfattelse var bygget op nedefra gennem de mange år. Andelsbevægelsen og arbejderbevægelsen havde været afgørende for udviklingen, og det kunne måske være interessant for Gambia. Kim havde mange gange bemærket, at gambianere typisk ventede, at andre tog vare om dem. Hvis de ikke kunne klare problemerne i familien, måtte regeringen sørge for dem. Hvis de ikke havde arbejde, måtte arbejdsgivere eller regeringen sørge for arbejde til dem. Hvis de blev syge, måtte regeringen sørge for dem. Deres familiesystem sikrede, at de ikke døde af sult, men det førte også til, at der aldrig blev indkomst til overs til investering og udvikling.

I read the News Today, oh Boy diverterede hans hjerne med.

Under besøget i Danmark havde Alexander travlt med at organisere projektet i Kunkujang, og Kim havde travlt med at overføre sin u-landskonto til en konto i Alexanders navn i

Gambia. Forud for det havde de gennemdrøftet projektet i detaljer og indgået en skriftlig aftale om deres respektive forpligtelser. I princippet var metoden den samme som han havde brugt til de to skoleprojekter, men både Kim og Alexander var helt på det rene med, at Alexander havde muligheden for at få hans u-landspenge til at forsvinde uden gennemførelse af projektet. Det var en tillidssag, som det i sin tid havde været med taxachaufføren Buba.

Det sidste Alexander fortalte inden han forlod Danmark var, at projektet i Kunkujang var på skinner og bare manglede, at han betalte forskud til entreprenøren.

Det første Alexander meldte efter at være kommet tilbage til Gambia var, at han lige havde besøgt Kunkujang, og at landsbyboerne stod klar til at begynde at grave, og at entreprenøren ville starte projektet en uge senere. Kim var glad. Efter kuldsejlingen af Safe Delivery-projektet ville det være dejligt med et godt, velgennemført projekt.

To dage senere skypede en meget skuffet og vred Alexander. Han undskyldte mange gange, men de måtte aflyse projektet. To dage tidligere var regeringen begyndt at gennemføre akkurat deres vandforsyningsprojekt. Kim trak vejret dybt, mens Alexander forklarede. Det viste sig, at Alexander havde taget hele landsbyen i ed gennem præsten og formanden for udviklingsrådet og repræsentanter for kvinderne, men høvdingen, alkaloen, havde han ikke tænkt på, og landsbyboerne havde ikke antydet, at der kunne være et problem med høvdingen. Og alkaloen havde tilsyneladende gode kontakter til regeringen, kontakter der kunne aktiveres, når donorer "truede" med at "erobre" landsbyen. I hvert fald var det en gentagelse af alkaloens glansnummer med vandforsyningen til kvindernes have, det lignede en truet leders forsøg på at knuse en opposition. Gambia en miniature.

Kim konkluderede omgående, at det var sidste gang han forsøgte sig med projekter i Kunkujang. I sit stille sind glædede han sig på landsbyens vegne, den havde inden for 2-3 år fået en håndsrækning, der kunne bringe den udvikling, der var så stort behov for. Men hvis ikke landsbyen blev langt bedre organiseret, måske efter andelsprincipper, var der risiko for, at de nye faciliteter ville falde fra hinanden på grund af manglende vedligeholdelse. Og så ville landsbyen igen – gennem alkaloen – stå med hatten i hånden over for regeringen.

Kim rystede på hovedet og smilede lidt skævt. Hvis han ikke kunne skaffe donorpenge var det et problem, men hvis han kunne – godt nok hans egne – var det Gud hjælpe mig også et problem.

Elvira Madigan temaet blev diskret hængende i hjernen resten af eftermiddagen.

Der gik højst to-tre dage inden Alexander skypede igen. Denne gang ville han gøre opmærksom på, at der var mange andre og bedre vandforsyningsprojekter i Gambia end det i Kunkujang. Belært af erfaringen stillede han nu det krav til landsbyer, der kunne komme i betragtning, at de skulle være velorganiserede og have en god ledelse med opbakning fra hele landsbyen. Hvis Kim var interesseret, kunne han hurtigt fremsende en liste over landsbyer, der opfyldte kravene.

Kim trak vejret dybt og sagde OK. Han tilføjede, at han egentlig var mere interesseret i sundhedsfremmeprojektet, men hvis hans u-landskonto kunne finansiere både og, ville han gerne være med.

Godt en uge senere sendte Alexander en liste med seks vandforsyningsprojekter, der hver for sig var til at finansiere inden for u-landskontoen, uden at tømme den. På Skype forklarede han, at han havde snakket med Elizabeth, hans børns moder, og hun ville gerne i samarbejde med en privat organisation af unge frivillige gennemføre kurser på grundlag af sundhedsfremmeappen på sundhedscentre uden for de større byer. På Kims spørgsmål, om Sundhedsministeriets holdning til det, svarede Alexander: No problem. Derefter aftalte de, at de ville gennemføre et af vandforsyningsprojekterne og sundhedsfremmeprojektet, hvis det kunne holdes inden for beløbet på u-landskontoen.

Efter intensiv ping-pong aktivitet kunne Kim og Alexander efter få dage sige GO til både et vandforsyningsprojekt og et sundhedsfremmeprojekt med Elizabeth som projektleder. Alle aftaler med de involverede var på plads og udgifterne efterlod endda et pænt beløb til endnu et mindre vandforsyningsprojekt og en eventuel videreførelse af sundhedsfremmeprojektet. Kim følte, at det eneste der kunne gå galt nu var, at Sundhedsministeriet havde en "tak for sidst" der lige skulle afleveres.

Uden at orientere Kim havde Alexander lagt arm med Sundhedsministeriet, der ikke havde svært ved at huske Kim og Safe Delivery-sagen. Alexander havde argumenteret stærkt for, at det var et projekt, der var godt for Gambia, hvilket ikke gjorde indtryk, så ministeriet lagde ud med et blankt nej. Herefter truede Alexander med at henvende sig til Sundhedsministeren, hvilket rystede ministeriet nogenlunde lige så meget. Først da han truede med Finansministeren, skete der noget. Ministeriet troede ikke på at han kendte finansministeren. Men da Alexander fortalte, at han ved flere lejligheder havde været en del af finansministerens delegation i udlandet, gav ministeriet uden videre snak tilladelsen, oven i købet underskrevet af den direktør der havde været stopklodsen for Safe Delivery. Og en væsentlig del af undervisningen på sundhedscentrene skulle dreje sig om Safe Delivery, der var indlagt i Sundhedsfremme appen!

Og så skete der ting og sager. Inden for fire uge var først vandforsyningsprojektet gennemført og dokumenteret og sundhedsfremmeprojektet igangsat og fotodokumenteret. Efter endnu seks uger var et andet mindre vandforsyningsprojekt ligeledes færdigt og sundhedsfremmeprojektet manglede kun undervisning på to sundhedscentre.

Yes, yes, yes, yes, råbte Kim med knyttede næver og begyndte at trave rundt i huset, mens han for sig selv repeterede projekterne. YES. Det var ikke gået galt denne gang, og projekterne leverede den impact han havde arbejdet for så længe. Vandforsyningsprojekterne medførte bedre sundhed for både børn og voksne, gav piger og kvinder bedre tid til at gå i skole og dyrke grøntsager og gav besparelser på brænde til madlavning. Sundhedsfremmeprojektet havde endda perspektiv udover enkelte landsbyer. En gruppe af ledige unge mennesker havde taget initiativ til ulønnet at fremme sundheden i landsbyerne. De engagerede læger til at undervise dem på to kursusdage, hvorefter de tog ud i landsbyerne og bragte deres viden videre. I sundhedsfremmeprojektet underviste moderen til Alexanders børn, Elizabeth, en gruppe på 35 unge i Safe Delivery appen, hvorefter 4-5 af dem på skift deltog i Elizabeths undervisning på sundhedscentrene. Nogle deltog som roadies andre varetog rapportering og atter andre sørgede for at begivenhederne kom i radioen og på TV. Kim blev helt varm indeni, da han blev orienteret om gruppens arbejde. Det var den samme fremgangsmåde, der havde ført til sygekasser, tuberkulosehospitaler, åndssvageforsorg, psykiatriske sygehuse og meget mere i Danmark gennem over 100 år.

Alexander og Kim klappede billedligt talt hinanden på ryggen. De havde omsider haft succes med forbedringer i virkelighedens verden, og de havde fundet en model der fungerede. I vandforsyningsprojekterne var indlagt en brugsafgift som opsparing til vedligeholdelse, garanteret af landsbyernes ledelser og kontrolleret af Alexander. Og der var stadig et mindre beløb på hans u-landskonto, ikke nok til et vandprojekt mere, men nok til at fortsætte sundhedsfremmeprojektet, hvis aktivistgruppen og lægerne ønskede det.

Da Kim fortalte sin kone, at han nu startede en ny runde med ansøgninger til virksomheder og fonde, skreg hun af grin. Jeg kendte engang én, der påstod, at han aldrig, aldrig som i a-l-d-r-i-g ville skrive ansøgninger mere, hvem var det nu det var?

Ingen anelse, men nu har vi et godt produkt, og jeg udformer det som et investeringsprojekt, måske er det det rigtige sprog for virksomhederne. Vi tilbyder dem et projekt som de kan investere beløb på mellem 1.000 kr. og 300.000 kr. i. De får løbende fuld dokumentation, og hvis projektet ikke gennemføres inden for to måneder, i overensstemmelse med kontrakten med leverandøren, betales det indskudte beløb retur. Vi henvender os både til mellemstore virksomheders ledelse og bestyrelse med antydning af noget med CSR og til personalforeningerne i virksomhederne.

Jeg skal også have mailet til udviklingsministeren. Hun har været i pressen og fortælle, at Danmark vil bidrage med udviklingsbistand til bl.a. Gambia, som opbakning efter de er sluppet af med deres despot. Det er første gang jeg har set Gambia nævnt som kandidat til at få udviklingspenge. Hverken Staten eller virksomhederne har tidligere fået øje på det lille land. Det er nok fordi landet ikke har råstoffer og fordi de er for fattige til at danske virksomheder kan tjene penge på deres marked. Jeg tror jeg skal rose ministeren for initiativet, og spørge til, hvordan vores grydeklare projekter kan medvirke til at omsætte en del af ministerens udviklingspenge til udvikling, til impact. Det må s'gu da give pote, ellers giver jeg op.

I al evighed eller i al evighed indtil videre? Else var ved at være i form.

Fire uger senere havde Kim efter at have rykket for svar modtaget afslag på alle ansøgninger. Ingen af virksomhederne havde ladet sig overbevise om, at selv små vandforsyningsprojekter kunne skabe arbejdspladser og give unge arbejdsløse så meget tillid til fremtiden ved at deltage i sundhedsfremme, at de ville undlade at flygte til Europa. Gambia var storleverandør af migranter via Libyen og Middelhavet, til trods for at det var et lille fredeligt land, der bare var fattigt. Og ministeren svarede, at Danmarks udviklingspenge til Gambia blev kanaliseret gennem EU, hvilket hun i skyndingen havde glemt at nævne i sin pressemeddelelse, så det var der han skulle henvende sig. Som ekspert på området kunne Alexander, i klar modstrid med sin medfødte optimisme, advare mod at bruge tid på EU til så små projekter.

Kapitel 14

Udviklingen i Danmark og hele Europa gik fortsat lystigt i modsat retning af det Kim ønskede sig. Den nationalistiske bølge fra Polen, Ungarn, Østrig og Italien var nået til Tyskland, hvor kansler Merkel måtte trække sig som formand for CDU/CSU. Sverige havde mange problemer med at danne regering, og selv i Norge knirkede regeringen. I Danmark var det traditionelle konservative parti trængt ud i tovene af decideret nationalistiske partier som Dansk Folkeparti, Nye Borgerlige og Nationalpartiet. Dansk Folkeparti var landets næststørste parti og Nye Borgerlige stod til at få 4-6 mandater ved det kommende valg. Og på et møde arrangeret af De Radikale, som Kim deltog i, dukkede der pludselig en repræsentant for endnu et nationalistisk parti op: Danmark Først - Danske Patrioter. Et halvt skridt længere ud ad den vej så ville man støde på et egentligt racistisk, nationalistisk parti, der kunne samle de medlemmer af de andre nationalistiske partier, der var uønsket der, fordi det kostede stemmer, tænkte Kim.

Og når han tænkte i de baner, bemærkede han, at jukeboxen i hans hjerne igen gik i stå, og han fik spændinger i kroppen. I lande som Rusland, Tyrkiet, Polen og Ungarn havde man med demokratiske afstemninger valgt næsten enerådende ledere og sat det parlamentariske system mere eller mindre ud af kraft. Det kunne betyde begyndelsen til enden på EU og velkommen tilbage til balkankrige mellem småstater, der drømmer sig tilbage til en tid som StorUngarn, StorSerbien og StorØstrig, og hjertelig velkommen tilbage til borgerkrig i Irland. På den baggrund virkede Danmark fredeligt. Ingen af de nationalistiske partier var trods alt dukket op med krav om Danmark til Ejderen og tilbageføring af Skåne, Halland og Blekinge til Danmark, endnu da. Og et godt tegn på at sammenholdet i Danmark var intakt var, at befolkningen tilsyneladende stadig bakkede op om den skattefinansierede velfærdsstat, på trods af hidtil uhørte skandaler i skattevæsenet, socialsektoren og ikke mindst banksektoren. Folk betalte deres skat, små skatteunddragelse som tidligere var en folkesport var næsten væk sammen med smårapserier af ting på arbejdspladser. Til gengæld var der dukket en ny elitesport op: Skatteunddragelser og svindel i fantasilionklassen foretaget af finanssektoren. Når han tænkte i de baner, dukkede et billede af tovtrækning tit op i hans hjerne. Det ene hold bestod af rigtig mange almindelige mennesker, der kæmpede på livet løs for at få midtpunktet på tovet over på deres side. Det andet hold bestod af nogle få elegant klædte mænd med hvide handsker, der med den ene hånd trak lidt i tovet. Men bag ved mændene stod en stor traktor der skjult for det andet hold sørgede for, at tovet ikke kom over på den anden side.

Selvom Kim bestemt ikke mente han hørte hjemme i det nogle kaldte bekymringsindustrien, fik han også uro i kroppen, når han tænkte på nedbrydningen af autoriteter. Professorvældet havde overskredet sidste salgsdato for halvtreds år siden, derefter fulgte "afvæbning" af lærerne, kritik af politiet, menneskeliggørelse af lægerne og præsterne, og mistænksomhed over for medierne og politikerne. Alt det kunne Kim se som demokratisering af samfundet.

Men den udvikling, der var fulgt med informationsrevolutionen, bekymrede ham. Dag efter dag så han kompetente fagfolk blive udlignet i aviser og på TV af menigmand, der uden skygge af dokumentation mente noget andet og havde fået mange likes og followers på nettet. Landets førende juridiske eksperter kunne redegøre for konsekvenserne af et ja eller et nej til en folkeafstemning om et EU-spørgsmål for blot at blive at blive modsagt af DFs partileder, fordi han ikke troede på det. Dansk Folkeparti kunne skaffe finansiering på finansloven til et institut, der med cost-benefit-analyser skulle dokumentere, at verdens klimaeksperters råd til politikerne var alt for dyre. Dansk Folkepartis udlændingeordfører kunne frejdigt påstå, at Danmarks grundlov kun gælder for danske statsborgere, uanset at juridiske professorer på stribe påpegede, at det var lodret forkert. Ordføreren opfattede professorernes fortolkning af loven som en mening på linie med hans mening.

Og hvad værre var, den måde at føre en offentlig debat på havde bredt sig til hele samfundet. Alle fik lært at sige: Det tror vi ikke på, det er bare noget du siger, fordi du holder med dem, vi er imod. Dermed var store dele af befolkningen blevet ler i hænderne på folkeforførere, selv i Danmark.

Kim havde i mange år undret sig over, at så mange stemte på Dansk Folkeparti. Det måtte jo betyde, at der var nogle af de nærmeste på hans arbejde, i nabolaget, blandt venner og bekendte og måske også i familien, der stemte DF. Det fremgik aldrig af snakken og diskussionerne. Havde de bare nikket og ladet som om? Ladet de velformulerede med de fine ord og analyser tro, at de var enige og så stemt som de i virkeligheden mente? Hvordan reagerede han selv, når han som universitetsuddannet økonom var i selskab med meget velformulerede og dominerende akademikere? Gemte han indvendingerne til han kom hjem? Var det derfor hans fætre og kusiner på deres komsammen engang spurgte, om hvorfor han snakkede så fint og ikke ligesom dem, det vil sige letforståeligt vestjysk. Hans forklaring, at han aldrig havde talt vestjysk, fordi det gjorde man ikke i Esbjerg, virkede ikke overbevisende. Men det var måske ligeså meget de ord, han ubevidst brugte. Tale i stedet for snakke, udlægge og fortolke i stedet for forklare, tankevækkende i stedet for mærkeligt, masser af fremmedord og forklarende ord i stedet for kort-og-godt ord.

Der var ham bekendt ingen i hans familie, blandt venner og bekendte og blandt arbejdskolleger, der havde benyttet sig af deres ytringsfrihed offentligt. Hvorfor skulle de så bekymre sig om, at den kom under pres?

Jeg er uenig i alt du siger, men vil til min død forsvare din ret til at udtrykke det, lyder et berømt forsvar for ytringsfriheden.

Men hvad stiller man op, hvis en stor del af befolkningen ikke ønsker at argumentere for sin mening i en debat, men hellere vil udtrykke sin mening i en twit uden at forholde sig til andres argumenter? Hvad sker der, hvis de samme mennesker gennem samme medier får magt over dagen og vejen i Folketinget, næsten som ved folkeafstemninger?

Måske skulle han holde op med at analysere så meget.

Kim var godt klar over, at hans medlemskab af De Radikale kom for sent til at han kunne "do his bit", hvis det skulle være noget, der var værd at nævne, noget der understøttede de samfundsværdier han sværgede til. Tyve år for sent, måske. Men han ville byde sig til, hvor det var muligt, som roadie, som plakatopsætter og som den der laver kaffe til møder. Han ville bakke op om dem, der endnu havde chancen for at gøre en forskel.

Efter nogle ugers pause meldte Alexander sig igen på SKYPE. Han havde besøgt Kunkujang for at aflevere seks PC-er til gymnasiet, skaffet af Anders og Bøje. Han havde benyttet lejligheden til at besøge kvindernes have og vandforsyningssystemet i landsbyen, de to projekter landsbyens høvding havde skaffet fra regeringen for næsen af Alexander og Kim. Ingen af projekterne var gjort færdige og i funktion, og når Alexander fortalte om de to vandforsyningsprojekter, han havde været leder af, nægtede landsbyboerne at tro ham. Så hurtigt var der ikke noget, der skete i Gambia. Alexander besluttede, at han ville forsøge at påvirke landets nye præsident til at udskifte Kunkujangs alkalo. Han kendte præsidenten fra før han meget overraskende vandt præsidentvalget.

Kapitel 15

Kim følte nogle dage, at den mest aktive del af hans pensionstilværelse nærmede sig sin afslutning, andre dage syntes han det var for tidligt at slå op i banen. Måske var det tid at gøre status.

I sit arbejdsliv havde han forsøgt at arbejde for det, han forstod ved 68-værdierne. Hvor mange de var fra hans årgange, der gjorde det samme, havde han ingen idé om. Af og til stødte han på en direktør eller en mellemleder eller endda en politiker, der fokuserede på at skabe virkning for 68-værdierne, for eksempel på energiområdet eller klimaområdet eller u-landsområdet. Men den helt overvejende del af 68-erne havde brugt 68-værdierne som afsæt i karrieren og var snart forsvundet ind i middelklassen eller endda overklassen uden andre 68-markører end historier om det vilde studenterliv i sluttresserne og halvfjerdserne. Andre havde eksperimenteret med alternative familieformer, nogle endda med succes, der har holdt i halvtreds år. I medierne forbandt mange 68-erne med stofmisbrug og udflipning, men den gruppe var med enkelte undtagelser endt som kuriositeter på linie med Den gamle By i Århus.

Det vildeste Kim havde overvejet, var at flytte i bofællesskab sammen med sin kone og børn, og stoffer rørte han aldrig.

Det afgørende for Kim var, at han i det daglige havde 68-værdierne som ledetråd for sit liv. Det var ubevidst basis for ham i mange situationer:

Når han stod over for karrierevalg, der kunne kræve at familien flyttede til en anden by, hvilket ville kræve stor omstilling af hans kones og børns liv, når han prioriterede familien frem for at tage ekstraarbejde som underviser, når han skulle træffe beslutninger, der kunne betyde langvarig arbejdsløshed for mange mennesker, når han skulle gå imod en gruppe læger og politikere for at de svageste patienter kunne blive tilgodeset, når han personligt prioriterede en psykiatriplan frem for en plan for et sygehus, når han prioriterede omgående behandling af hjertepatienter på udenlandsk sygehus fremfor måske-behandling på dansk sygehus inden for et år, når han prioriterede åbenhed i planlægningen, uanset at det gjorde livet mere besværligt for beslutningssystemet og ham selv.

Også i hans pensionistliv havde 68-værdierne været lige så naturlig del af ham, som hans krøllede hår. Han havde ikke fantasi til at forestille sig, at det kunne være eller blive anderledes.

Alle de små blomster der dog er til i år, fandt hans jukebox anledning til at underholde med, opdagede han pludselig.

68-værdierne havde haft stor betydning i mange år i Danmark, og store begivenheder passede godt til værdierne. Prioritering af vedvarende energi, fjernelse af Berlinmuren, sammenbruddet i den kommunistiske Verden i Sovjetunionen og Østeuropa og udvidelsen af EU med fattige og tilbagestående lande på få år gav grundlag for tro på, at 68-værdierne havde en god fremtid for sig.

Det havde de åbenbart ikke. Demokratiet var helt klart under pres. Kim havde det på samme måde med demokrati, som Benny Andersen havde det med kvinder: Livet var besværligt med, men umuligt uden.

På hjemmebanen i Danmark havde han oplevet et par skuffelser, der havde sat sig varige spor. Gamle venner, der ligesom han selv havde nydt godt af værdierne fra 68, meldte deres støtte til Læger uden Grænser fra, fordi organisationen redder folk fra at drukne i Middelhavet og behandler flygtninge. Et renlivet teknisk synspunkt: Indtil teknikerne har fået udviklet fusionsenergi, så der er uendelig meget energi til rådighed, er der ikke plads til så mange mennesker på jorden, som der er nu. Derfor skal man ikke redde flygtninge fra at drukne og derfor skal man ikke understøtte sikre fødsler i udviklingslande.

Arbejdet med projekter i Gambia havde givet Kim mange skuffende, men mere eller mindre forventede oplevelser. Selv de småbeløb, som han kunne skaffe, tiltrak interesserede, som Black Friday trak folk til forretninger. Et langt stykke ad vejen levede folk i Gambia i en bytteøkonomi, hvor kontanter var ensbetydende med frihed og muligheder. Fattige har ikke råd til 68-værdier, deres fokus er på at få ris på bordet hver dag, om de så skal undertrykke deres stolthed og værdighed og om nødvendigt tigge sig frem. Lærere, embedsmænd og mange i andre jobs kæmper med alle midler for at beholde deres jobs, selvom de er dårligt betalt og knapt kan underholde en familie.

Men han havde også haft opløftende oplevelser. Befolkningen havde ved et regulært valg kasseret deres præsident gennem 22 år. Befolkningen havde haft svært ved at acceptere, at en lille overklasse ragede til sig, mens de selv knapt havde til dagen og vejen og ikke kunne få øje på fremskridt for dem. Men det demokratiske princip og hjælp fra nabolande skaffede dem af med despoten.

På sine rejser til Gambia havde han også truffet mennesker, der på trods af fattigdommen havde bevaret deres stolthed og værdighed. Hans hushjælp på hotellet skrev på femte år på sin hjemegns historie, en altmuligmand hjalp ham med at sikre sin lejlighed mod myg uden at forvente betaling, taxamanden og cykelmanden ville ikke forlange en bestemt pris, men havde overskud til at stole på, at de blev betalt fair, og entreprenøren på vandforsyningsprojekterne knoklede selv med for at sikre overholdelse af kontrakter.

Og arbejdet havde også medført virkelig opløftende oplevelser. Alexander og Elizabeth og medlemmerne af Supportive Activists Foundation havde 68-værdier som grundlag for deres liv, som han så det! De arbejdede aktivt for demokrati og ytringsfrihed, de hjalp fattige og syge og de arbejdede for ligestilling. Derved satte de deres egne karrierer ind i den større sammenhæng, der hed Gambia. Hvis et projekt var godt for Gambia, måtte deres egne behov og ønsker komme i anden række.

Elizabeth knoklede som en løvinde for at blive en af Gambias første speciallæger i gynækologi og obstetrik, hvilket kun kunne ske i udlandet og kostede en herregård. Samtidig arbejdede hun som hospitalslæge, var frivillig på sundhedscentre og var drivende kraft i Safe Delivery projektet.

Alexander havde fuldtidsjob, var far til to, arbejdede på en master degree på universitetet, servicerede smådonorer som ham selv og understøttede med brugt tøj og mad nogle voldsomt fattige, der var decideret truet på helbredet af sult. Hans eget personlige projekt, at få bygget sit hus færdigt, kom altid i tredje eller fjerde række.

Medlemmerne af Supportive Activists Foundation arbejdede ulønnet, men fik udgifter til transport og kost dækket. De arbejdede i det absolut yderste led i det gambiske samfund, nemlig med psykiatriske tilfælde og åndssvage i fjerne landsbyer. Deres aktiviteter mindede Kim om en udtalelse af en psykiatrisk læge i en planlægningsgruppe. Lægen havde sagt, at hvis forholdene som planlagt blev bedre på de psykiatriske sygehuse i løbet af 90-erne, hvilket han stærkt betvivlede, ville bønderne komme frem med deres familiemedlemmer fra hølofterne rundt omkring.

Kim kunne let se for sig at Elizabeth, Alexander og Supportive Activists Foundation ville være købere til Danmarks velfærdsstat, den dag den måtte blive sat til salg.

Kapitel 16

På det seneste møde hos De Radikale havde en af de unge radikale fortalt om en invitation de havde fået fra et gymnasium om at deltage i en paneldebat med unge repræsentanter for andre partier. De glædede sig helt vildt, for det var alle skolens 2.g-er og 3.g-er, der blev trommet sammen. Temaerne skulle være klima og indvandring.

Kim havde på alle møder, han havde deltaget i, været tiltalt af de unges gå-på-mod, optimisme og tilsyneladende store indsats. Han besluttede at forsøge at snige sig ind til arrangementet, selvom det var et par år siden han havde været 3g-er. Else var babysitter for et barnebarn i Århus.

Da han ankom til gymnasiet, stod der en lille flok tabaksmøgere, som de havde kaldt dem, da han selv gik i gymnasiet. Inden for strømmede elever ind i aulaen, der allerede var mere end halvt fuld. Stemningen var løftet, som han huskede det fra sin egen tid. To timer uden risiko for at dumme sig med noget, der kunne gå ud over karaktererne. På scenen var der rigget til med fem mikrofoner, der var ved at blive testet. Til venstre for scenen lige inden for døren var opstillet fem PC-er, som alle elever tilsyneladende skulle taste noget på, inden de satte sig i salen.

Det lykkedes Kim at komme uantastet ind og finde sig en plads bagerst i salen. Hvis nogen havde bemærket ham, havde de måske bare tænkt, at han var farfar til en eller anden, måske en af politikerne.

Præcis på det annoncerede starttidspunkt blev dørene lukket og en midaldrende lærer i samfundsfag bød velkommen. Først præsenterede han ungdomspolitikerne. Der var inviteret repræsentanter for fire partier, Liberal Alliance, Dansk Folkeparti, De Radikale og Socialdemokratiet. Dernæst forklarede han, hvordan mødet skulle forløbe. Alle elever havde på PC-erne ved indgangen afgivet deres stemme på et af partierne på scenen, og det skulle de også gøre når mødet var slut. På den måde kunne man registrere hvilket af partierne der havde klaret sig bedst i debatten. Politikerne ville hver få ti minutter til at præsentere deres klimapolitik og indvandringspolitik. Derefter skulle der være spørgsmål og kommentarer fra salen.

Ungdomspolitikerne så meget unge ud, forekom det ham. Socialdemokraten, DF-eren og repræsentanten for Liberal Alliance lignede meget store drenge, der var stadset lidt op til lejligheden med nydelig jakke og slips. Den radikale var en forholdsvis høj, lyshåret kvinde, der så ud til at være omkring 22 år. De unge mænd så lidt nervøse ud, som de stod der med deres talepapirer, syntes han. Kvinden derimod virkede afslappet og smilede meget. Hun havde ingen talepapirer, så vidt han kunne se. (Måske man er en anelse forudindtaget, tænkte Kim.)

Jukeboxen havde gang i *Wheel within a Wheel*

Den første til at tale var socialdemokraten. Kim genkendte hurtigt moderpartiets program. Danmark skal gøres til en grøn stormagt med rent drikkevand, uden plastikforurening og med el-biler. Klimaproblemet skal vi tage alvorligt (men I aner ikke hvordan, tænkte Kim.) På indvandringstemaet var førsteprioriteten at sikre integration af de indvandrere, der var her i forvejen. Derudover ville partiet arbejde for, at der kom så få som muligt fremover ved at støtte udviklingen i de lande de kom fra.

Indlægget blev belønnet med høfligt, men behersket bifald.

Repræsentanten for Liberal Alliance lagde ud med at slå de to temaer sammen. Det vi har brug for, er vækst, sagde han med høj og selvsikker stemme. Med langt højere vækst i Danmark og ikke mindst i u-lande, vil flygtningestrømmene på grund af fattigdom forsvinde. Klimakrisen er reel nok, men den eneste måde vi kan håndtere den på er gennem vækst. Vi skal frisætte de produktive kræfter, så de kan udvikle den teknologi, som kan løse krisen. Tænk bare på hvor meget mere effektive biler er nu i forhold til da vi var børn, og hvor meget lettere og billigere og bedre det er at kommunikere med hinanden og se film. Og jeg kunne blive ved.

Bifaldet var igen høfligt, men blev denne gang suppleret med gadedrengepift fra en lille gruppe midt i salen.

Den unge radikale kvinde lagde ud med et spørgsmål: Ved I, hvorfor den 2.august i år var en vigtig dag?

Der opstod en pause med mumlen og snakken i salen, mens taleren med et smil panorerede henover forsamlingen.

Det var den dag vores allesammens bankkonto gik i nul. Det var den dag, hvor vi begyndte at bruge flere ressourcer end kloden har til rådighed for hele 2018. Fra nytårsaften og frem til 2. august har vi, alle mennesker tilsammen, altså allerede brugt de ressourcer, som planeten kan nå at reproducere på et enkelt år.

Vi er sikkert mange, der mener, at det i hvert ikke er os der bruger for meget, vi bruger kun lige det der er nødvendigt, det må være amerikanernes skyld.

Nej, det er ikke amerikanernes skyld, eller rettere, det er også amerikanernes skyld, men vi kan også være med, og kineserne og mange flere. Det er så den verden vores forældre vil give os i arv, det er sådan 68-generationerne har indrettet verden. De havde flotte drømme, men de levede ikke selv op til dem, de gjorde ikke engang et alvorligt forsøg. I stedet ragede de til sig, så meget de kunne.

Derfor siger vi unge tak, men nej tak til den arv!

Vi vil i stedet tage ansvaret for, at bankkontoen først kommer til at gå i 0 nytårsaften. Vi skal til at omstille vores verden, så vi kun bruger grøn strøm, grøn varme, grønne biler og så vi ikke udpiner jorden og naturen med giftstoffer. Det er den helt store udfordring til os unge.

Jeg har næsten brugt min taletid, men lige et par ord om flygtninge og indvandrere. Vi praler af, at Danmark betaler 0,7% af vores indtægt i u-landshjælp. Jeg har arbejde to dage om ugen på en tankstation og tjener 1.000 kr. efter skat. Hvis jeg skulle betale 0,7% af det til u-lande, skulle jeg ryste op med 7 kr., og det ville hverken gøre fra eller til for mig. Og så er det endda sådan, at Afrika modtager 200 mia. dollars om året i bistand, men de samme lande som giver bidrag trækker 800 mia. dollars ud af Afrika, hvert år. Vi stjæler med arme og ben fra Afrika, og det fører til at folk bliver ved at være fattige.

Og så ved vi alle sammen, hvad der sker: folk vandrer til Europa.

Løsningen er at etablere en Marshallhjælp som den USA satte gang i efter 2. Verdenskrig. Det vil vi unge også arbejde for. Det er på høje tide, for om bare 30 år vil der være dobbelt så mange afrikanere, som der er i dag.

Det forekom Kim, at bifaldet var mærkbart højere og varede længere denne gang. Kunne det være rigtigt, at der måske var et nyt ungdomsoprør på vej, ikke et opkog af 68-oprøret, men et der kunne stå på egne ben. Han trak vejret lidt hurtigere kunne han mærke.

Det var ikke så let for repræsentanten for Dansk Folkeparti at være den næste i talerækken. Han tog fat på flygtningeindvandrerne. Så vidt Kim kunne høre satte han ikke en fod forkert i forhold til partiets udmeldinger: Vi skal hjælpe med nødhjælp og genopbygning i verdens katastrofeområder og brændpunkter, så vi sikrer, at de flygtninge, der er kommet til Danmark, hurtigst muligt kan vende hjem til deres hjemlande igen. Men vi skal hjælpe med ansvarlighed. Ingen kan være tjent med, at Danmark modtager flere udlændinge, end samfundet kan absorbere. Ingen kan være tjent med, at ledige indvandrere får lov til at gå ubeskæftigede rundt – og ingen kan være tjent med, at vi i misforstået godhed lader værdier som frihed, ligestilling og demokrati underminere. Han sluttede effektfuldt af med at fastslå, at Danmark har taget imod rigeligt med udlændinge igennem årene. Så vi skal have færre ind og flere ud!

DF-taleren fandt det meget sværere med klimapolitikken. Han startede med at sige, at DF ikke var et ideologisk parti men et holdningsparti, som egentlig ikke havde en holdning til klimaspørgsmålet, hvilket udløste et kæmpegrin i forsamlingen. Vi mener Danmark skal lade de store lande tage sig af de problemer, hvis der er problemer, Danmark er for lille til at spille en rolle der. Dansk Folkeparti er imod de partier, der vil bruge mange penge på klimaområdet, for det vil gå ud over sygehusene og ældreplejen, og det præcis de områder vi om nogen værner om. Tak.

Oven på grinet i forsamlingen virkede bifaldet tyndt.

Derefter takkede ordstyreren for indlæggene og dekreterede et kvarters pause.

Kim var spændt på hvor mange elever, der ville dukke op efter pausen, for nogle måtte fristelsen for at få tidligt fri være stor.

Tilbage i salen viste det sig at den var lige så fyldt som til første halvleg. Kim var spændt på, om der kom spørgsmål udover dem læreren havde instrueret eleverne i.

Det var der.

En høj elev på første række nærmest hoppede op af sin stol med hånden i vejret:

Jeg har et spørgsmål til jer alle fire:

Danmark har i de sidste tre år modtaget 50.000 flygtninge. Men vi har ikke kunnet få plads til de 500 om året af mest sårbare, nemlig kvoteflygtninge, som henvises af FN. Det er 5 pr. kommune. Er det efter jeres mening at gå i små sko eller i meget, meget små sko?

Socialdemokraten: Du kan selvfølgelig godt sige, at det er at gå i små sko, men vi mener, vi skal have styr på integrationen, før vi åbner op for kvoteflygtninge igen.

Dansk Folkeparti: Vi er på linie med Socialdemokraterne, eller det er måske omvendt, haha, bortset fra at vi ikke mener vi nogensinde skal tage flere kvoteflygtninge

De Radikale: Det er så ufatteligt små sko, at ingen som i i-n-g-e-n dansk politiker burde lægge navn til det. Vi vil gøre alt hvad vi kan for at få genindført politikken med 500 kvoteflygtninge om året

Liberal Alliance: Spørgsmålet kan ikke hidse os op, vi kan kaste terninger om det, hvis vi kan komme videre til vigtigere spørgsmål

Næste spørger var en lidt buttet, mørkhåret pige med store briller:

Mit spørgsmål er til Liberal Alliance: I snakker altid om vækst, men hvornår er nok nok? Hvis I får jeres vilje, får vi en vækst på ikke under 3% om året. Det betyder, at gennemsnitsindkomsten i Danmark er fordoblet, når jeg runder de 40. Hvad vil du bruge din merindkomst til?

Åh, jeg kan altid bruge flere penge, haha. Jeg elsker at rejse, jeg er vild med dyre biler og dyr mad, så det får jeg ikke problemer med.

Pigen fulgte op: Er det ikke det folk gør allerede i dag?

Jojo, men så kan de tage på dyrere rejser, købe dyrere huse og flere huse, leve mere som de rige gør i dag.

Pigen igen: Det er beundringsværdigt fantasiforladt. Hvad med at reducere din arbejdstid så du kan få mulighed for at udvikle din fantasi og derefter udleve den?

Reduktion af arbejdstiden er gift for vækst, så det går ikke.

Der blev grinet i salen.

En ordentlig kleppert af en ung mand med skæg henvendte sig til den radikale:

Jeg kan godt lide dine visioner. Nogle vil måske mene, de minder lidt om noget 68-er flip, men det er jeg uenig i. Det er op til os at få taget fat, og det du nævnte med grøn omstilling er det rigtige. Mit spørgsmål til dig er: Vil der være jobs til os, når vi har kæmpet os igennem til eksamen her på fabrikken og fået en uddannelse. For mig lyder visionen som distorsion med stort D.

Den radikale: Nu er det jo visioner vi snakker om her, det er et spørgsmål om retning. Og logikken i at satse på grøn omstilling er, at vi kommer først med det der skal bruges i omstillingen, så vil der være eksportmuligheder både for ny teknik og knowhow. Det bedste eksempel vi har set endnu, er vindmøllerne, så ja, jeg er overbevist om, at der bliver masser af jobs, hvis vi er hurtige og veluddannede.

Den sidste, der fik lov at få ordet, var en lidt rund dreng med sideskilning og et drillende udtryk i øjnene. (Den lokale underholder, tænkte Kim.):

Jeg har et spørgsmål til jer alle fire. Hvis det står til jer, skal vi så til at skære ned på de røde bøffer for at redde klimaet?

Latteren skyllede gennem aulaen.

Min far er slagter, så det vil jeg gerne vide, tilføjede han da latteren havde lagt sig.

Korte svar dekreterede ordstyreren.

Socialdemokraten: Nu skal man jo ikke være fanatisk

DF-eren: Nej da. Landmændene skal jo også leve og klimaet klarer sig nok

Den radikale: Hvis du vil være med på den grønne omstilling, skal vi nok frede en lækker rød bøf til dig

Liberal Alliance: Ro på. Hvis vi får lempet en masse restriktioner, skal erhvervslivet nok redde klimaet, så vi kan få alle de bøffer vi vil have.

Herefter takkede ordstyreren af og mindede eleverne om at huske at stemme ved udgangen.

Bifaldet fra salen var pænt langt, forekom det Kim.

Uden for aulaen var opsat en stor elektronisk tavle. Da den sidste elev havde stemt poppede resultaterne op. Den radikale havde scoret vildt. Før diskussionen havde 12% stemt på hende, efter mødet var det steget til 35%. DF-eren havde afleveret stemmer til socialdemokraten, som omvendt ligesom Liberal Alliance havde tabt til den radikale.

Kim var forbløffet og opmuntret.

Da Else kom hjem og han fortalte om mødet, var hendes reaktion:

Du har aldrig nogensinde kunnet huske dine drømme før. Er du på stoffer?

Han nikkede.

Kapitel 17

Kim fortsatte med at deltage i De Radikales mange møder for at få afklaret mulighederne for at han kunne "do his bit". På et af møderne skulle kredsens kandidater til det kommende Europaparlamentsvalg og det kommende folketingsvalg præsentere sig selv. Den ene, en ung mand, der var ved at færdiggøre sin uddannelse til meteorolog, var uden tvivl nørd på sit område, hvilket han gjorde til en dyd både i den måde han førte sig frem på, sit tøjvalg, og den måde han forsøgte at være sjov på. Kim var ikke i tvivl om, at han, hvis han blev valgt til Europa Parlamentet, hvilket var helt usandsynligt, ville udkæmpe klimakampen med næb og klør. Det var godt for partiet at have den slags på kandidatholdet.

Kims vurdering var, at han næppe kunne være til meget hjælp for den unge mand, der i øvrigt sikkert foretrak hjælp fra nogle af de andre i Radikal Ungdom.

Kandidaten til folketingsvalget var en køn ung kvinde på 45-50 år. Hun var middelhøj, slank, havde kortklippet mørkt hår og klædte sig afdæmpet. Hun talte tydeligt og selvsikkert, uden særlig mimik.

Hun lagde ud med at fortælle, at hun hed Mille, var cancerkirurg på Gynækologisk-obstetrisk afdeling på Aalborg Universitetshospital. Baggrunden for, at hun var kandidat til Folketinget var hendes store interesse for folkesundheden.

Kim løftede straks øjenbrynene. En cancer kirurg med hovedinteresse for folkesundhed, det havde han ikke truffet på før.

Kandidaten fortsatte:

Som det er i dag "mølles" patienter igennem et system, der er maximalt presset. Presset skyldes to forhold. For det første skal der hele tiden som i h-e-l-e tiden spares og gøres forsøg på effektivisering. Ude i afdelingerne betyder det, at vi længe ikke har haft ro til at være faglige og til at være de "varme hænder" som vi burde være og som alle ønsker vi skal være. For det andet stiger antallet af patienter som siver ind i systemet hele tiden. Danmark producerer simpelthen flere syge mennesker og tilbuddene fra sundhedssystemets side vokser og vokser.

Kims øjenbryn var tilbage på vant plads. Den sang havde han hørt hundrede gange før på sin vagt i sundhedssystemet.

Det betyder, at vi står med en ubalance imellem behov og kapacitet, fortsatte lægen. Og hvad kan vi så gøre ved det?

Jeg mener at der er et kæmpe potentiale i at forebygge. Politikerne skal gøre det lettere at leve sundt i Danmark, og samtidig skal alle mennesker tage deres ansvar for eget og andres helbred alvorligt. Vi skal alle hver for sig og sammen blive bedre til at passe på vores fysiske og vores psykiske helbred. Vi producerer i fællesskab alt, alt for mange sygdomme med den måde, vi lever på. 18 millioner sygedage bliver det til om året i Danmark. Det er det samme som 49.000

sygeår, og det svarer til at alle i Herning er syge i et helt år! Hvis vi ved at bruge vores sunde fornuft kan nedbringe det til 39.000 sygeår, vil vi alle sammen have det bedre, og problemerne i sundhedssektoren vil være løst.

Arbejdsmarkedet og klima er også vigtigt for mig, tilføjede lægen, men jeg brænder helt klart mest for sundheden.

Hun siger det rigtige, tænkte Kim, og hun mener det, og hun vil gøre en indsats. Der skal noget til at passe et kirurgjob og være folketingskandidat, foruden det private med mand og børn, som hun også lige fik nævnt. Det var værd at tænke over, om han skulle tilbyde at blive supporter for hende. Han bildte sig ind at han kunne blive af værdi for hende, og at hun havde behov for al den hjælp hun kunne skaffe. Hendes konkurrent i partiet var en højt respekteret tidligere minister, som Kim gerne så vige pladsen. Det var tid til et generationsskifte, men konkurrenten kunne blive en meget værdifuld support for lægen, der tydeligvis var meget uerfaren. Hvis han skulle tilbyde sig, måtte han være indstillet på at bruge temmelig meget tid på det.

En uge senere skypede Alexander. Han fortalte, at rapporten for undervisningen i sundhedsfremme var på vej, og at den frivillige gruppe af unge ville ansøge ham om penge til at videreføre projektet på andre klinikker og starte op på undervisning på skoler. Kim gentog sin anerkendelse af gruppens arbejde og at han så frem til videreførelsen. Som han plejede spurgte Alexander også – med et lunt smil -til hvordan det gik med Kims Marshall-plan for Gambia, og om det var lykkedes ham at skaffe penge til Elizabeths speciallægeuddannelse.

Kim var ved at være afklaret omkring tilrettelæggelsen af den sidste del af sin vagt. Hvis Mille var interesseret, ville han arbejde som ghostwriter og analytiker for Mille op til folketingsvalget, og han ville fortsætte som sparringspartner og donor for lovende unge i Gambia. Han havde svært ved at se, hvordan han skulle kunne skaffe finansiering til større projekter, hvilket ærgrede ham, eftersom den model Alexander og han havde udviklet tydeligvis var særdeles effektiv. Men hans folkepension kunne fortsat gøre gavn i Gambia.

En lørdag eftermiddag mailede han til Mille og luftede sine ideer om et samarbejde. To minutter senere kom svaret: Hun var særdeles interesseret i at teste mulighederne og foreslog, at de skulle mødes hurtigst muligt. Med mailen i hånden slog det ned i ham, at en tidligere formand for regionens sundhedsudvalg, Bo Karlsen, også var kandidat til folketingsvalget. Bo Karlsen havde han gennem mange år haft et fint samarbejde med om præcis sundhedsfremme, han havde på den politiske front lavet en kæmpeindsats, som passede fortræffeligt sammen med hans egen indsats på embedsmandssiden. At han stillede op for SF betød formentlig ikke noget eftersom han var opstillet i en anden kreds, mens Mille var opstillet for De Radikale i Aalborg. Måske kunne han formidle et samarbejde.

Med samarbejdet med Mille og De Radikale var han nødt til igen at melde sig ind i Facebook!

Han mærkede, at hans hjerne sagde god for hans udkast til plan for resten af hans vagt, uden at den kunne forklare hvorfor. Det var bare som om hele kroppen og hjernen faldt til ro, ligesom når han fik den gode idé til en bog.

Og jukeboxen havde fundet *Excerpt from a Teenage Opera* frem igen, det var vist en af boxens favoritter.

Jes Vestergaard er født i 1947, bor i Aalborg og har læst økonomi, dansk og filosofi på universitetet. Han har tidligere udgivet 5 romaner med forskellige hovedtemaer:

De røde og de døde fra 2009

Lægeroman 2.0 fra 2011

Os almindelige *fra 2013*

Mord for kunstnere fra 2016 og

Lone Wolf fra 2017